勇者に失恋した黒魔女は、聖騎士の甘ふわ溺愛に降参気味です！

華藤りえ

✦

Illustration
蔦森えん

gabriella books

勇者に失恋した黒魔女は、聖騎士の甘ふわ溺愛に降参気味です！

contents

序章

魔王《まおう》を守る黒焔《こくえん》が徐々に小さくなっていた。

戦いが始まった時は、地底城《ちていじょう》の高い天井に届くかといった勢いで燃えさかり、周囲を流れる溶岩の紅《くれない》を塗り潰《つぶ》す勢いで、黒く禍々《まがまが》しく燃えさかっていた焔《ほのお》も、いまや草原にはびこる雑草ほどの丈《たけ》しかない。

あと少しだ。あと少しだけ頑張れば——魔王は守りをなくし、倒せるようになる。

魔法の糧《かて》とするために切った掌《てのひら》から、たらたらと血を滴《したた》らせながらゼラは思う。

だが、体力が持つだろうか。

戦いが始まってすでに一時間。いくら少量でも、それだけ長い時間出血が続けば身体にも影響が出る。

実際、頭がぼうっとして、視界も明滅し始めていた。

(だけど、ここで倒れたらぜんぶが台無しになる)

魔王の黒焔を、魔物を生み出す焔を封じることができるのは、古代魔法の使いであるイグニスの魔女《まじょ》だけ。

この魔王討伐《とうばつ》に参加している四人の中ではゼラだけができることなのだ。

頭の芯《しん》は冷たく、背筋も悪寒《おかん》に震《ふる》えているのに、周囲に流れる溶岩のせいで皮膚だけが熱くじりつく。

額《ひたい》に脂汗を浮かせながら詠唱《えいしょう》を続けるゼラの横で、防御用の結界を張っていた聖女《せいじょ》がいつものように泣き言を叫ぶ。

「もう諦めて出直したいーっ！　こんなの絶対無理ゲーでしょッ」

少女の金切り声が響くと同時に、溶岩から味方を――魔王討伐を担う四人の若者を守る理力《りりょく》の壁が、ぐにゃりと歪《ゆが》む。

たちまち入り込んできた熱風にあおられ、勇者《ゆうしゃ》が焦った声を出す。

「わっ、馬鹿！　集中しろ。火傷《やけど》したらどうするんだ！　責任は取れるんだろうな！」

責任もなにも、世界を滅ぼさんとする魔王の前だ。一つでもしくじれば全員死ぬと決まっているのに、聖女と勇者は子どもじみた口げんかを止めない。

「そんなこと言ったって、レベチなんだってば！」

緩《ゆる》く波打つ銀の髪を逆立てんばかりに聖女が叫び、勇者をにらみつけた。

天使のようだと讃《たた》えられる聖女の美しい顔は、涙と怒りで残念な事になっている。

だが、ゼラはそれより彼女の言動に目を瞬かしていた。

（レベチ？　無理ゲー？）

聖女がまた変な隠語《いんご》を使っている。

彼女は命の危険が迫ると、フラグが違うだのチートだのと謎の単語を口走るのだ。

一瞬気がそがれかける。しかし視界をよぎる白い影を見て、ゼラは息を呑《の》む。

――レナードだ。聖騎士《せいきし》の彼が魔王に一太刀《ひとたち》浴びせようと踏み切ったのだ。

光を紡《つむ》いだがごとく輝かしい金髪を熱風になびかせ、真白く豪奢《ごうしゃ》な聖騎士軍服の裾を翻《ひるがえ》し、乙女たちを夢中にさせる碧玉《へきぎょく》の瞳を鋭く研ぎ澄ませ、凜々《りり》しい美貌を見せつけながら彼は跳躍する。

蒼《あお》く透き通る理力の刃をもつ聖剣を両手に構え、魔王が放つ火球を華麗な足裁きでかわしきり、その懐《ふところ》に入り込む。

「レナード！」

いつも理知的で冷静な彼らしくない大胆な行動に、ゼラは名を叫ぶ。

死んでほしくない。傷ついてほしくもない。

仲間で、尊敬できる大人で——そしてゼラが一番大事に思う人。

一方的な想《おも》いであるのはわかっているが、それでも、彼の名を呼ぶことでなんらかの祈りか守りとなればと、我を忘れて声を出す。

魔法を使うもの特有の遠く美しく響く声が、魔王の立つ大広間に反響する。

その音色こそが天意なのだと言わんばかりに、レナードは剣を振りかぶり——そして一閃《いっせん》した。

絶叫、轟音《ごうおん》、はじけ散る黒焔。

そして、切られた傷からみるみる劣化して衰《おとろ》え、しなび、灰となっていく魔王。

倒せたのか。倒したのか。

信じられず瞬いた途端、くらりと目眩《めまい》がして膝が崩《くず》れる。

同時に、シャンデリア代わりに天井を飾っていた鍾乳石《しょうにゅうせき》や巨大な黒水晶が、魔王の死に殉《じゅん》じると言わんばかりに崩壊《ほうかい》し落ちてくる。

「城が潰れるわ！　早く逃げましょう！　勇者！」

魔王の攻撃は結界で防げるが、城が倒壊を防ぐ魔法などない。

聖女は攻撃を終えた聖騎士レナードの無事どころか、魔王の絶命を確かめるより早く、勇者の腕を掴《つか》んで脱出の転移魔法を唱《とな》えだしている。

「あ、ああ……、おい、いくぞ！　大丈夫か？　ゼラ！」

勇者が心配げに声をかけるも手助けする気はないようで、逃げっぱぐれては大変とばかりに聖女の魔法陣に足を突っ込む。

（逃げる？　……それより、レナードは？　彼は大丈夫なの？）

一番転移陣から遠い筈《はず》の男を捜そうと辺りを見渡す。

しかし失血と溶岩のまぶしさのせいで、かろうじてものの輪郭がわかるくらいに目は眩《くら》んでいた。

「助けに、いかなきゃ……。レナードが、大変」

呟《つぶや》き、駆け寄ろうと膝に力を込めようとした途端、重心が崩れゼラは床に倒れてしまう。

「なにやってんだ！　ゼラ！」

「もういいって！　ゼラたちなんか置いて逃げましょう。ここで死んだら元も子もないんだから！」

「そ、そうだな……。戦いに、犠牲はつきもの……だし」

聖女が胸を押しつけるようにして勇者の腕を抱き込んだ途端、彼の声が弱まっていく。

（え、嘘《うそ》……。二人だけで逃げるつもり？　レナードや私を見捨てるの？　待って待って。ちょっと）

だんだん声が遠くなるも、あの二人——勇者と聖女だけが逃げようとしているのはわかる。

「待って、私は……いいから、レナードは、レナード。死んじゃだめ。死んじゃ、やだ」

魔王討伐という困難な旅の中で、ゼラは初めて弱音を口にする。

その時だ。

鋭く息を呑む気配がして、それから身体が逞《たくま》しい腕に抱き起こされる。

なにが起こったのか。誰なのか。考えようとするも意識が遠い。

ふわりとした浮遊感を覚え、抱え上げられたのだと身体感覚でかろうじて理解したゼラは、次の瞬間、胸を高鳴らす。

鼻腔《びこう》を漂う香りに、そんな場合じゃないのに鼓動が速まっていく。

樹脂《じゅし》から採《と》れる乳香《にゅうこう》の甘く重い香りに、糸杉《いとすぎ》のつんとした静謐《せいひつ》な匂い、それに勝利の冠を形作る月桂樹《げっけいじゅ》と純潔の白百合《しらゆり》の華やかな芳香。

それは聖職者の中でも、とくに神の剣と呼ばれる聖騎士たちが好んで纏《まと》う、聖なる守りの香だった。

——レナード？

聖騎士であり、魔王討伐を担《にな》う若者の中で最年長である青年の名を呟く。

すると、そうだと答えるようにぎゅっと抱きしめられた。

触《ふ》れあう身体ごしに聞こえる男の鼓動が、好きだ。好きだと囁《ささや》いているように聞こえ、ゼラは頬を紅潮させつつ気を遠くする。

（あ、私……やっぱ、ここで死ぬのかもしれない）

自分を愛《いと》おしげに抱き守る男から名を呼ばれながら、思う。

だってそうでしょう？

仲間から見捨てられて死ぬかもって時に、惚《ほ》れた男から告白されるなんて乙女の妄想も度が過ぎる。

緊迫した状況とはまるで場違いな微笑《ほほえ》みを浮かべながら、ゼラは意識を手放した。

第一章

――この世界にある不思議なものは、すべて異世界に由来する。

童話や伝承が語られる時、めでたしめでたしと同じ頻度で登場する、お決まりの一句であり、この世界の真理でもある。

普段仲が悪い聖教会と魔導協会が渋々手を組んで調査した処《ところ》によると、この世界はどうにも、よその世界と交わりやすい性質をしているそうだ。

例えるなら、粉を振られていないパン生地のようなもので、あっちにくっつき、こっちにくっつき、余計なものを取り入れたり、あるいはなすり付けたりするようになっている――らしい。

多発性異世界交差現象《たはつせいいせかいこうさげんしょう》とか、不変性理念干渉張力《ふはつせいりねんかんしょうちょうりょく》とか、小難しい単語を駆使し、分厚い解説書が何冊も書かれ、研究する者も立てられた仮説は多々あるが、いまだ謎は解明されていない。

解明されていないけれど、魔法や魔物、あるいは奇跡と呼ばれる聖魔法や天使など、あらゆる不思議な現象は、平行する異世界から招かれ発現する。

夢で互いの世界を覗《のぞ》き見てしまうことを始めとし、魂の入れ替わり、乗り移り、稀《まれ》に肉体を帯びた異世界人の召喚や、この世界の技術では作りようもない建物や乗り物などの出土——と、様々な形で隣接する世界から取り入れられる。

個人、あるいは魔法史上では大事件となるこれらの〝現象〟は、だが、世界の成り立ちからすれば大した問題ではなく、パン生地についた小麦粉よろしく日常へと同化する。

けれどごく稀によくないものを取り入れる。

羽虫や埃《ほこり》、髪の毛のように、どうにも人の口に——この場合は世界を作った神だろうか——に、合わない異物を。

百年前に突如として現れた魔王も、その類《たぐ》いのよくないものだった。

どこの異世界から来たのか、どうして魔王となったのか、目的がなにかすら誰も知らない。

ただ、魔王には異世界とこの世界を繋《つな》ぐ通路となる能力があり、自分がこの世界に召喚されたことを恨み、愚痴るように、地底城と呼ばれる地下の大空間から、魔物を続々と地上へ吐き出し続けた。

一回や二回ならともかく、毎日、百年もの間、愚痴よろしく魔物を量産され続ければ、どんな国だって大なり小なり被害を被《こうむ》る。

このままでは世界は魔物に乗っ取られ、人は滅びる。

誰もが、そんな嬉《うれ》しくない未来を危惧し始めた時、一人の聖女が現れた。

白銀の髪に銀の瞳。爪まで銀に輝く——と、身体のすべてに神の祝福の証《あかし》である銀を宿した少女は、病で死にかけたことをきっかけに奇跡の力を身に宿した。

魔王に関する予言の力――未来視《みらいし》の力である。

後に民から聖女と呼ばれるようになる娘、リリーサは、魔王に関することならなんでも言い当てた。

どこにどのような魔物が存在し、その弱点はなにか。

魔王の住まう地底城のありかはどこか、内部はどのような迷路となっているか。そのどこに宝物が眠っているか。

他の事は、明日の天気はもちろん、今日の晩ご飯だって言い当てられないのに、魔王のことだけは確実に、まるで見てきたように言い当てるのだ。

そして聖女リリーサは予言した。大国の第二王子であるヴェアンが勇者として目覚め、魔王を倒すと。

勇者出現の予言はまたたくまに世界を駆け巡り、高まる民の期待と各国首脳の要望に応える形で、王は第二王子ヴェアンを勇者として魔王討伐に差し出した。

共をするのは言い出しっぺである聖女リリーサと、聖王から彼女の護衛を任じられた円卓《えんたく》の聖騎士レナード。

そして、最後に加わったのが古代の貴人と名高いイグニスの民の血を引く娘。

長く艶《つや》やかな黒髪と紅《くれない》に黄金の虹彩《こうさい》が特徴的な、灼眼《しゃくがん》の黒魔女ゼラであった――。

周囲で燃えさかる溶岩が、大輪の薔薇《ばら》のように紅《あか》く華やかに咲き誇る中、ゼラは逞《たくま》しい腕に抱き上げられたまま、男から好きだと繰り返される。

神の祝福である理力の銀の輝きが辺りを輝かせ、溶岩の金色と混じり合い、光の奔流《ほんりゅう》となって舞い踊る。

この世のものとは思えないほど美しい光景の中、ゼラは羞恥に身を震わす。

異性から好きと言われることが、こんなに嬉しく幸せだなんて。

信じられない気持ちのまま唇を開く。声にする単語は決まっている。

――私もよ。

告げた瞬間、なぜか男の腕から身が滑《すべ》り、ゼラは真っ逆さまに暗闇へ落ちる。

えっ、どういうこと！　と思うや否や、どすんと乾いた音がして、背中と尻が鈍い痛みに包まれた。

「痛ッたぁ！」

乙女の恥じらいも雰囲気もない声で上げられた悲鳴に、なにより自分で驚きながらゼラは目をみはる。

視界に飛び込んで来たのは、ぐしゃぐしゃになった毛布と、金の房飾りで縁取られた紺色の天蓋《てんがい》だった。

「……夢か」

たっぷり三分の沈黙を置いて、渋々認める。――やはり夢か。

（そんな都合のいい展開ないでしょ。……聖王の片腕とも呼ばれる最高位の聖騎士が、なんの後ろ盾も取り柄もない魔女を好きなんて）

古びた絨毯《じゅうたん》の上、左足をベッドに引っかけ仰向《あおむ》けになったままゼラは顔に手を当てる。

恥ずかしい。

仲間への片思いをこじらせ妄想満載の夢を見て、ベッドから落ちて目覚めるとは。

とてもではないが、黒の魔女と呼ばれ、魔王にも相対《あいたい》する攻撃魔法の使い手として恐れられる者の所業ではない。

（まあ、実際は魔王に相対できるんじゃなくて、異世界の歪《ゆが》みを抑えられるだけなんだけどね）

憮然《ぶぜん》とした表情で起き上がり、失態をごまかすように後頭部をかき乱す。

勇者、聖女、聖騎士と、正義と神意を象徴する肩書きもつの仲間ばかりの中、魔女という役割を担うゼラは、とかく民に誤解されやすい。

治癒《ちゆ》や結界といった人々を守る魔法を使う三人に対し、ゼラは攻撃魔法という、死と破壊に繋がる術を使うからだ。

もっとも、ゼラの魔女としての能力はさほど高くなく、どうかすればそこいらの宮廷魔導師《まどうし》より低い。

特徴があるとすれば、霊体を実体化させたり強化させたり、異界から精霊や死霊《しりょう》を召喚し、あるいは打ち消す古代魔法が使えることだ。

が、それすらゼラの能力というより、異世界から召喚され、この世界に定着した祖先の——イグニスの民の血による処が多い。

勇者のように魔物が嫌がる気を放つこともできなければ、聖女のように予言や癒《い》やしの力がある訳でもない。ましてや聖騎士レナードのように聖剣を振るい魔物の群れを一閃《いっせん》することなど——。

そこまで考えてはっとする。

幸せな夢に浸って忘れていたが、魔王はどうなった。

自分たち勇者一行は、彼を倒すべく地底城へ足を踏み入れ、聖女の予言が導くままに、魔王の玉座がある最深部へと至り、そして対決に及んだが、それすら夢だったのか。

顔に当てていた手を離し、掌をまじまじと見つめる。

そこには、まだ新しい切り傷が一本刻まれていた。

「よかった、魔王と戦ったのは夢じゃない」

治りかけで、まだ少し盛り上がっている傷を指でなぞりゼラは苦笑する。魔王の力を封じるために自分でつけたものだ。

（きっと、この傷も痕として残っちゃうだろうなあ）

戦いの中で残された多くの切り傷に、ゼラは拳《こぶし》を握りしめる。

エメラルドやルビー、あるいは水晶に翡翠《ひすい》といった宝石や輝石《きせき》を触媒《しょくばい》とする普通の魔法と異なり、古代魔法は術者の血を触媒とする。

つまり、魔物や魔王を封じたり攻撃を加えるには、大なり小なりゼラも血を流す必要がある。

仕方がないことだ。世界や民の平和を守るためのものだ。

わかっているが、少しだけ気が滅入《めい》ってしまう。身体に傷が残る女を好む男などあまりいないだろうから。

開いて、握り、痛みがないことを確認しながら思う。一体だれが治癒《ちゆ》をしてくれたのだろうか。

いつものようにリリーサであればいいが、彼女は自分を置いて勇者と逃げだそうとしていた。

なら、やはりレナードか。

聖女と同じく、治癒魔法の使い手である男を思い浮かべると同時に、ゼラは頭を跳ね上げた。

「そうだ、レナード！　レナードは無事なのッ！」

魔王を倒したことが夢でないなら、彼にとどめを刺したレナードはどこに居るのだ。

後方にいたゼラですら命を落とす処だったのだ。魔王と戦っていた彼はさらに危険だったに違いない。

辺りを見渡し、人の気配を探るが誰もいない。代わりに寝室の豪華さばかりが目につく。

天蓋を支える金の柱に艶やかな天鵞絨《ビロード》の垂れ幕。

頭部に山と積まれた枕はすべて羽毛入りで柔らかく、シーツは白く滑らかな絹。

天井まで届きそうな格子窓の枠も金鍍金《メッキ》が施され、両開きとなった先には大理石のテラス。

調度品はどれも綾織《あやお》りに猫足に組木細工と豪奢な上に高級品で、長年磨かれた家具特有の光沢は由緒正しい歴史を感じさせる。

窓から覗く中庭を見れば、部屋が豪華な理由がわかる。

庭師たちによって紋章の形に刈り込まれた生け垣と、噴水の上にそびえ立つ王冠を載せた男性像を見てゼラは悟った。ここは勇者が生まれ育った王宮の客間だ。

ということは、聖女と逃げようとした勇者が、思いとどまりゼラを助けたのだろうか。

よろめきながら立ち上がり、すぐに脱力してベッドの縁に腰掛ける。

(よかった。レナードも無事だ)

ゼラが眠っていたベッドの四隅に、規則正しい形で蒼水晶が置かれほのかな光を帯びていた。

それは回復と安眠をもたらす守護聖魔法の名残《なごり》だった。

蒼水晶から漂う波動から、レナードの術であると知ったゼラは安堵《あんど》する。

この手の魔法は、術者が生存していなければ効果がない。

蒼水晶の光が安定し、揺らぎがないことからも怪我《けが》がなく無事だということがわかる。

魔王討伐直後なこともあり、事後処理などで忙しく場を外しているのだろう。

なにせ魔法の発動は一瞬だが、魔力や体力の回復には時間が掛かるのだ。

ともかく身なりを整えたほうがいい。汗を吸った寝間着を指で摘まみつつゼラは部屋を探りだす。

幸い、水の入ったたらいに身体を拭く布、そして化粧台など必要なものはすべて揃《そろ》っていた上、服もクローゼットに掛けられていた。

侍女の姿は見えないが、勇者の仲間となるまで森で一人暮らししていたゼラだ。貴族の令嬢と違い、誰かの手を借りずとも困ることはない。

手早く身を清めて、服に袖を通す。

もっともゼラの魔女服には袖がないので、その表現が正しいかは定かでない。

着替え終え姿見の前に立つと、ゼラの黒髪が肩から背中へさらりと落ちる。

腰どころか尻にかかるほど長い髪は、寝癖一つなく、絹糸のような滑らかさを持っていた。

男のみならず女性も指を通し、手触りを楽しみたいと思うほど美しい髪を、ゼラは手ぐしで簡単に整えるだけで終わらせる。

深い森の奥にある家で、祖母に母、そして自分と女だけの家で育ったせいか、ゼラは自分の外見に対するこだわりが薄い。

年頃の娘であるというのに、髪を複雑に結うことも化粧もまるで興味がない。

しかし、飾り立てないわりにゼラの外見は人の気を惹《ひ》いた。

咲き初めの白薔薇に似たきめ細い肌と黒髪の対比が素晴らしく、黄金の虹彩を持つ紅い瞳が華やかさを添える。

尻上がり気味の眉と薄い唇のせいで、初対面こそとっつきにくく感じられるが、笑顔となった瞬間にすべてが和《なご》むのも愛らしい。

欠点があるとすればただ一つ。ゼラを魔女たらしめる服のせいだろう。

仲間となってすぐ、勇者であるヴェアン王子から下賜《かし》されたもので、黒絹に銀糸で翼や花弁が刺繍《ししゅう》されている豪華なものだ。

見た目が豪華なだけなら受け取らなかったが、機能が素晴らしいのだ。

戦い易《やす》いようにと、窮屈なコルセットも裾を膨《ふく》らませるパニエもはぶき、ゼラの身体に沿ってぴったりに作られている。

が、首の立襟《たてえり》で服を留める形なので袖がなく、肩から指先まで剥《む》き出《だ》しな上、裾には太股《ふともも》まである深い切れ込みが入っていた。

上品な貴族なら、下着と疑い卒倒するような露出の多さだし、実の処着ているゼラも恥ずかしい。

けれど宮廷魔導師と王宮お抱えの服飾師が共同作成しただけあり、黒絹には幾重にも防護魔法がかかっており、剣の切っ先や魔物の牙ぐらいでは破れない上、魔力を増強させる触媒となる輝石――柘榴石《ざくろいし》や紫水晶、翡翠、めのうなど――が、縫い込まれているのだ。魔法を使うのに、これ以上都合のいい服はない。

魔王を倒すためと割り切り、着用した結果。

男性は服のきわどさに目を反《そ》らし――あるいは好色にじろじろ眺め、女性は男性の反応に眉をひそめ、次いで原因であるゼラを睨《にら》む。

魔王討伐に出て一週間ほどで、露出が高すぎるせいだと気付いたものの、代わりの装備を用意する暇もなく――結果、お色気魔女だの、男を誘惑するだのの、嬉しくない誤解をされてしまった。

普段ならマントを羽織って肌を隠すのだが、寝室のどこを捜しても見当たらない。

(困った……。この格好では外に出られない)

頭を抱え、いっそシーツでも巻いていくかと考えていた時。

隣室で物音がし、女性の話し声が聞こえだす。

「ねえ！　聞いた？　聖女様と勇者様の恋路《こいじ》を邪魔していたあの黒魔女が、ついにフラれたんだって！」

年若い侍女が実に楽しげに声を弾《はず》ませ言い切った途端、ゼラは目をみはる。

(な、なんなのよ、その話ッ！)

内心で思うも、驚きのあまり声がでない。

焦りつつ扉を開いて隙間から隣室を覗くと、年若い侍女たちが箒《ほうき》や雑巾《ぞうきん》を手に掃除をしている。

隣室は居間となっており、暖炉や置物、ソファに寝椅子とゼラがいる寝室より広く、家具も多い。だから、数人で掃除することになっているのだろうが、正直、手より口のほうがよく動いていた。

「ずうっと勇者になられたヴェアン王子を誘惑してたって噂《うわさ》の、あの黒魔女のこと？」

「そうそう！　最後の最後で、やっぱり聖女を愛してるってフラれたんだって」

「それで、魔王に寝返ろうとして聖騎士のレナード様に返り討ちにされたの？　だから、隣の部屋が聖魔法で封印されて入れなくなってるんだ」

すごい勢いでゼラの頭の中が疑問符で埋め尽くされる。なんだその、現実とまったく違う話は。

勇者であるヴェアン王子につきまとわれ、慣れ慣れしく肩や腰を撫《な》で触られたことは多々あるが、ゼラが彼にちょっかいをかけたことは一度もない。

確かにヴェアンは王子だし、選ばれし勇者だし、赤毛に金目と派手な外見で女性に人気があるが、はっきりいってゼラの好みではない。

王子かつ勇者という肩書きを利用して、行く先々で女性を口説き追い回す。そんな男性はいくら顔と地位がよくてもお断りだ。

大体、戦いの間中、子どものような口げんかに終始し、仲間が倒れるのを尻目に逃げだそうとしたヴェアンに、どこをどうやって惚れろというのだ。

（魔王に寝返ろうとしたとか、レナードに返り討ちにされたとか、どこからそんな話が……）

もしゼラが魔王に寝返っていたなら、勇者も聖女も生きていない。

だって、ゼラだけが魔王を守る黒焔を御することができるのだ。

黒焔に守られている間、魔王にはあらゆる攻撃も魔法も通じない。つまり無敵だ。選ばれた勇者や聖女でも、傷一つ負わせることができないのだ。

うろたえるゼラを尻目に侍女たちは声を弾ませ続け、ついに噂の出所——もとい、火元を口走る。

「本当のことなんだって。聖女様に付いてる侍女から聞いたから間違いないわ」

(やっぱり、リリーサの仕業なのね)

怒るより呆《あき》れ、さらには脱力しつつ苦笑する。またか。また始まったのか。

民には知られていないが、聖女リリーサが勇者であるヴェアン王子を口説き落とし、王子妃、いや王太子妃に納まろうと画策しているのは、貴族や魔王討伐の仲間の間では公然の秘密となっていた。

本来なら、ヴェアンの上にいる第一王子が王位を継ぐ予定だったのだが、彼が勇者として旅立って間もなく、魔王軍との戦いで命を落としてしまったのだ。

この国には王子は二人しかおらず、いずれ、魔王討伐の功労を名目にヴェアンが王太子として冊立《さくりつ》されることは確実で、当然、彼の妻となる者がこの国の王妃となる。

リリーサが聖女として与えられた未来視の力で、そこまで予見していたかどうかはわからないが、ともかく、ヴェアンの妻となろうとあの手この手で誘惑し、近寄る女を片っ端から追い払う。

仲間であるゼラも例外ではなく、ヴェアンに仲間以上の気持ちはないと何度説明しても耳を貸さず、ことあるごとに悪口を言いふらし、時には行動を持って疎外する。

　例えば――。

「食事中に水を掛ける、寝台にムカデを入れる、靴に硝子《がらす》の破片を仕込む。あげくの果てには勇者と一緒に行くと約束した祭の日に、物置小屋に閉じ込める！　そうやって、ずっと、聖女様に酷《ひど》いことばかりしてたって言うじゃない？」

（いや、それ……やられたのは私の方なんだけど）

　頬《ほお》を掻《か》きつつ、天を仰《あお》ぐ。

　違うと否定したい処だが、無駄であるのもわかっていた。

　リリーサは仲間だけの時と、人前では別人のように態度が違う。

　正直に言えば、聖女より女優を目指したほうがずっと有名になれるのではないかと思うほど、民や支持者の前ではけなげな美少女を装うのだ。

　生まれてこの方、祖母と母、そしてたまに行商にくる老人ぐらいしか親しい人はおらず、森に隠れ住んでいたゼラと、子爵家と地位は低いものの貴族の令嬢として生まれ、聖女となり多くの民の前で語ることに慣れたリリーサでは、口の達者さも対人関係に関する手数も大きく違う。

　張り合う気もないし、ヴェアンなど興味もないのだからと放置していたが、どうにもまずいことになっている気がする。

　その通りだと言う風に、一番声が大きい侍女が気勢を上げる。

「勇者様と聖女様の完璧にお似合いな二人の邪魔するなんて、絶対に異端審問《いたんしんもん》よ！　火あぶりよ！」

（……これは、レナードに相談したほうが、いいのかも）

迷惑をかけるのは気が進まないが、侍女にまで話が及んでいるのだ。どのみち彼にバレてしまう。

レナードは聖騎士として聖女の護衛を担っているが実際の処はお目付役に近く、聖女がわがままを言うたびにたしなめ、あるいは後始末をして、己の君主である聖王と聖教会の立場をおとしめないよう動いていた。

だからか、こうしてゼラが身に覚えのないことで悪評を立てられたり、勇者を独占する為《ため》に物置小屋に閉じ込められたりした時は、誰より早く察し、助けた上で――聖女にこっぴどい説教を落とす。

悪評が立った処で、魔王討伐が終わればゼラはただの平民に戻るのだ。

聖女のお守りだけでも大変なのに、自分にまで気を遣わなくてもいいとレナードに伝えたこともあるが、それでは道理が通らないと拒否された。

祖母と母が亡くなって以来、一人で暮らしていたせいで、人に頼るのも甘えるのも苦手なゼラは、だったらと自分の胸に収めて黙っていることにしたのだが、レナードはそれを不憫《ふびん》に思うようで、悪く言われるのを許すな。なんでも相談して頼れと約束させられた。

実の処、内心ではゼラもそれなりに聖女の悪口や嫌がらせに参っていたので、密《ひそ》かに嬉しかった。

ともあれ、レナードを捜そう。

手をこまねいているうちに、ゼラの悪化した評判がレナードの耳に入れば、いつもの三倍増しで聖女が叱られ、また大騒ぎとなる。

とはいえ、悪口大会を行っている最中に当の本人が現れれば、侍女たちだって気まずいだろう。

（私は、王宮に住むつもりなんてないけど、彼女たちはここが仕事場だものね。……それに、リリーサの迫真の演技を見れば信じちゃうのも無理ないし）

早く掃除を終わらせてくれないかな。でないと寝室から出られないな、などと思っていた時だ。

「だからレナード様は急いで聖王国へ戻られたの？　悪い魔女を処分する許可を聖王に貰《もら》うため？」

思わず耳を疑う台詞《せりふ》に、ゼラは身を硬くする。

（レナードが、聖王国へ戻った……って？）

彼は元々この国の人間ではない。仕える君主だって国王ではなく、聖職者の長である聖王だ。

しかもただの騎士ではない。円卓の聖騎士と呼ばれる最高位かつ聖王直属の聖騎士なのだ。魔王討伐が終われば次の任務へ呼ばれても不思議はない。

頭ではわかるものの、心がうろたえてしまう。

ゼラに一言もなくレナードが旅立ち――恐らく、二度と会えないだろうことが。

「嘘……。そんな話、一度もしてなかったじゃない」

かすれ声で呟き、ゼラは扉に背を当てたまま、ずるずるとしゃがみこんでしまう。

魔王討伐という共通目的を持つ仲間だからこそ対等な立場で話せていても、それが終わればゼラなど平民だ。討伐の褒美としてなにがしかの金貨や名誉が与えられるかもしれないが、女に爵位《しゃくい》を与えた例などない。

一方、レナードは生まれつきの聖職貴族。父は聖騎士長を務め、叔父は現聖王という血筋。

たとえかつての仲間であろうと、おいそれと平民が声を掛けて会える立場にないのだ。

もう会えないのだろうか。助けてくれたことや治癒に対するお礼も、お別れの言葉すら伝えきれてないのに。

こんなことになるのなら、一方的に抱いていた恋心を伝えていればよかった。

二度と会えないのだ。フラれるのと変わりない。だったらちゃんと終わりにできていたほうが、心に棘《とげ》が残らずに済んだ。

告白できなかった自分のふがいなさと臆病さを後悔し、唇を噛《か》んだゼラに現実が追い打ちをかける。

「馬鹿ね。異端審問も火あぶりも昔の話よ。そうじゃなくて……レナード様にも意中の娘がいて、魔王の討伐成功を機に婚約するのよ」

一番年上だろう侍女が呆れた声が耳に入り、目の前が真っ暗になる。

「本当なのそれ！」

ゼラが聞きたかった言葉を代弁するように、他の二人の侍女が声を揃えて問い詰める。

「ほら、私、レナード様の部屋の担当になったじゃない？　その時に、暖炉の中から書き損じの手紙の一部を見つけたの」

息を潜める気配の後に、紙を開く乾いた音が聞こえ、数秒も置かずに隣室の侍女が浮かれ騒ぎだす。

「うわっ！　魔王を倒した暁《あかつき》に、聖王猊下《げいか》の令嬢について話があると書いてある！」

「これだけ？　他には！」

「私も探したんだけど、読めたのはその一文がある切れ端だけ」

「聖王猊下の御令嬢かああ！　本当ならすごい良縁ね！」

身を乗り出してはしゃぐ娘の隣で、眼鏡の娘が首を傾げる。

「聖王国の君主の娘ってことは、レナード様の従姉妹《いとこ》にあたるけどいいのかな」

「聖王猊下はレナード様の母方の血縁だけれど、養子だから血は繋がってない筈よ」

手柄を立てたことで、跡継ぎのいない聖伯家《せいはくけ》の名を継いだとか、ひとしきりその関係の話が続く。

「養子でも、生まれた時から親同士が幼なじみだったとかで、今でも家ぐるみで付き合いがあるそうよ」

「……うわあ、二世代にわたる幼なじみの恋とか、すっごい素敵！」

「今夜ある魔王討伐を祝う宴《うたげ》にも出ず、帰国したんだもん！　ずいぶんな熱愛よね！」

大恋愛を想像し、盛り上がる侍女たちの会話が矢継ぎ早に続くが、ゼラにはもう、聞くだけの余裕もない。

鼓動の数だけ鋭く痛む胸を両手で押さえて目を閉じる。

そうして息を殺している間に掃除も終わったのか、侍女たちの気配は消えていた。

――なんだ、そうだったのか。

妙にものわかりのいい自分が苦笑しながら呟く。なあんだ。そうだったのか。そうだよね。

眉目秀麗《びもくしゅうれい》かつ家柄もよく、聖騎士としての腕も折り紙付き。その上、誠実かつ真面目と、女性なら誰もが夢見る理想の男だ。婚約者がいても不思議ではない。

「水くさいなあ、それぐらい教えてくれても……」

いいかけ、声が詰まった。そのまましゃくり上げだす口に拳を当て、ゼラは涙を堪え笑おうとする。

だけど、どうしても上手《うま》くいかず、変にゆがんだ顔をしてしまう。

好きだと伝えればよかった。好きだと伝えなくてよかった。相反する気持ちが心の中でぐるぐる回る。

伝えきれず息絶えた初恋の哀れっぽさと、伝えて変に距離を置かれなくてよかったと安堵するずるい自分と、どっちも認めきれなくて、ゼラはついに膝を抱えてうずくまる。

――これからどうしよう。

王宮には居られない。

今までは魔王を倒す王子の仲間として大目に見られていたが、ゼラは他の三人と違い貴族でないため本来なら滞在どころか足を踏み入れることすら許されない立場だ。

しかも侍女にまで悪い噂が伝わっているのだ。居座っても歓迎されないのは目に見えているし、王太子妃の地位を狙っているのかと勘ぐられて、リリーサからさらなる嫌がらせを受けかねない。

味方となってくれていたレナードが去った今、知り合いも身よりもないゼラが一人で頑張ったところで、多勢に無勢だ。

それぐらいなら、さっさと消えてしまったほうがもめ事に巻き込まれずに済むというもの。

ぐずぐずしていて、フラれたあげく勇者に未練があって居候《いそうろう》している――などと言われるのはごめんだ。

人間と関わったたっていいことない。魔王ほどひどくないが、勇者は色ボケ王子で浮気性だし、聖女は裏表が激しすぎる上、ゼラを邪魔に思って周囲に悪口を吹き込んでいる。

失恋が確定した今、他人の色恋沙汰で不条理な扱いを受けては気が滅入る。

（元に戻るだけじゃない）

魔王を倒す旅に出るまでは、森の中、一人きりで暮らしていた。

誰とも話すこともなく、誰かを待つことも、笑いかけることもなく。ただ、森の木々が立てる音と動物や鳥の鳴き声だけを耳にして。

唯一、レナードに会えたことだけが、彼を好きだと思えたことだけがよかった。

その彼が去った今、噂と虚飾《きょしょく》だらけの王宮に残る理由はないではないか。

「よし」

自分に気合いをいれて、ゼラは立ち上がる。

幸い、城の人たちはゼラが起きていることにまだ気付いていない。だったら、今のうちに姿を消したほうがいい。

先ほど侍女たちが魔王討伐を祝う宴があると口にしていた。出て行くなら今夜しかない。

城から出て、魔法で空を飛び、そして故郷の森へ帰るのだ。

——失恋や寂しさに泣くのはそれからでいい。

第二章

夜が明けたばかりの森は、まだ気温が低い。

立ち上る霧のせいで太陽が檸檬《レモン》色に見える中、早起きの鶏《にわとり》がそこらじゅうの地面で草をつつき、旺盛な食欲を見せている。

起きて身支度を終えたゼラは、あくびをしながら住処《すみか》である丸太小屋《ごや》の扉を押す。

玄関先の敷居から、一つ、二つと苔《こけ》の塊が落ちてくるのに顔をしかめつつ思う。

そろそろ本格的に、屋根の藁《わら》葺《ぶ》きを変えなければならない。

今年は雨が多かったせいか、屋根の藁が湿り、苔の温床《おんしょう》になっている。

このままではいずれ、屋根の隙間から雨漏りするだけでなく、腐った部分から落ちてきてしまう。

とはいえ屋根を葺《ふ》くのは大仕事だ。ゼラの手に余る。大工を雇ってもいいが、今の暮らしでは少々金が心《こころ》許《もと》ない。

人里離れた場所な上、女の一人暮らしなので、足下を見られそうな気がする。

もっとも、魔女の小屋に来る酔狂な大工がいるかは謎なのだが。

（こういう時、お婆《ばあ》ちゃんや母さんだったら、精霊を召喚してささっとできたんでしょうけど）

純血である祖母や母に比べ、ゼラは古代の貴人イグニスの血を半分しか引いてない。

というのも、ゼラの父親は森で行き倒れていた修道士だからだ。

古代魔法の触媒《しょくばい》となるイグニスの民の血は、それ自体が純化された魔力の精髄《せいずい》でもある。そのため力を求める魔術師や、戦争に魔法を利用しようと考える王の軍により狩られ数を減らし、逃げるうちに集団の分散化が進み——今では、同族どころか親戚同士でも連絡を取れないほど散り散りとなり、隠れ住んでいた。

ゼラの家族もそうで、祖母と母は、人を惑わす魔法をかけて樹海《じゅかい》の奥へ引っ込んでいたが、そこへ偶然、修道士《しゅうどうし》だった父が怪我をして迷い込み、母と恋に落ちゼラが生まれたらしい。

残念ながら、父の顔は知らない。彼は森での生活に飽きたのか、なにか事情があったのか、ゼラが物心つく頃に姿を消していた。

ともあれ、ゼラの魔法ではなんともできない。なんとも出来ないなら手を動かすしかないのだが。

道ばたに転がっている石を扉に噛ませていると、前庭にある井戸からカランコロンと乾いた音が近づいてくる。

「おや、お嬢、今日はずいぶん早起きで」

「夢見がよくなかったの」

いいながら振り返る。するとそこには、両手にバケツを提げた白骨死体——もとい、動く白骨死体が立っていた。

「ははあ。さてはまた空飛ぶ魔法に失敗して、ぐるぐる回りながら墜落《ついらく》した夢をごらんなすったか」

若い頃は娘たちがこぞって見たがったという、自慢の歯並びをがたつかせて言うこの白骨死体は、ゼラが見つけた森番《もりばん》のものだった。

「言わないでよ」

本当は、失恋した日の夢を見ていたのだが、それを言うのは恥ずかしい。

――王宮を抜けだし、飛翔《ひしょう》魔法を使い故郷まで戻ろうとしたゼラだが、国境近くにあるこの森に墜落したのだ。

魔力とはコップの水に似たものであり、器の大小はあれど使えば必ず尽きる。

そして、尽きた魔法は雨水を溜めるようにして、少しずつ大地から供給され戻るのだ。

イグニスの民としてバケツ並の容量を持つゼラでも同じだ。いや、容量が多い分、一度空っぽになれば溜《た》まるまでは時間が掛かる。

魔王との戦いで最後の一滴まで絞り出し、黒焔を御していたゼラだ。数日寝た程度では、さほど回復していなかった。

結果、死にかけの蛾《が》よろしく、ゼラはあっちへふらふらこっちへふらふらと蛇行して落ちた。

ひとまず身を休める場所をと考え、墜落現場の森をさまようち、うち捨てられた森番の小屋へたどり着いた。

寝室に居間と台所、山羊《やぎ》小屋に鶏《とり》小屋まである至れり尽くせりな物件が廃墟《はいきょ》となっていた理由は、扉を開けてすぐにわかった。

（斧《おの》で叩《たた》き殺された森番の白骨死体があっちゃねえ……）

普通の娘なら見た瞬間に悲鳴をあげて昏倒《こんとう》するが、勇者とともに前線に立って魔物を葬《ほうむ》ってきた上、死霊術という、霊や死体と交流する魔法をも収めたゼラにとって、白骨死体などものの数ではない。

取りあえず魔法で白骨死体を叩き起こし、小屋の使用許可を得て暮らし始めたはいいものの、若くして殺された元森番の白骨死体（スケルトンのスケさん）は、この世に未練がありまくり、下人《げにん》としてでもいいから、もう少し現世を楽しませてくれとゼラに食い下がってきて――、今に至る。

「花の盛りは短い。せめてもう少し色っぽい夢を見ましょうよ。好きな男とかいないんですか？」

「……ねえ、スケさん。人の恋路に首を突っ込む者は、馬に蹴られて死ぬってことわざ知らない？」

ゼラが見た夢が、本当は失恋した時のものだと気付かれたくなくて、憎まれ口をたたけば、相手はあっさり反撃してきた。

「つうても、うちには山羊しかいませんし、あっしはすでに死んでますし」

カラカラと体中の骨を鳴らしながら、汲《く》んだ水を台所の瓶《かめ》へと運びスケさんが笑う。

「口答えの多い下人ね」

「そんでも、骨でも、ひとりぼっちよりはいいでしょう。雨風季節以外に変化のないこの森で、寝起き食うだけの毎日はうんざりしますぜ」

殺されてから五十年、ずっとこの小屋で吹きさらしになっていた骨の言うことだ。重みが違う。

ゼラが暮らしていた森は、もっと北の山だったが、自然の驚異である嵐や吹雪以外にさしたる出来事もなく、誰も訪れず、淡々とした日々だけが続いていた。だから素直に賛同する。

「そりゃそうだけど」

「あっしは骨ですから、大して力仕事はできやせんが、鶏を追って小屋に入れるのも一人より二人が楽だ」

生きている時はよほど口が上手かったのだろう。そう思わせる物言いに顔をしかめると、今度は眉間の皺《しわ》は美容によくないと茶化《ちゃか》される。

「それよか畑の蕪《かぶ》もそろそろ取り入れにゃぁ。あれは塩漬けすれば冬の終わりまで持つ。夜にきのこを収穫しておいたんで、そいつとまとめてやりやしょう」

「はいはい」

「返事は一度。野いちごと野生林檎《りんご》も甘く煮て。もうすぐ秋の長雨が始まるから、川魚の日干しやニンニクなんかも暖炉のほうへ吊《つる》しなおさないと」

「あっ、やだ。スケさん。これ毒きのこっぽいの混じってるわよ！」

庭先にあった籠《かご》を覗き、赤い水玉模様をしたきのこを摘まんで反撃したが、森に関する知識において、雪国育ちの魔女と、庭のように森を知る元森番の白骨死体では勝負にならない。

「そいつぁ、より分けて乾燥させて焚《た》き付けに使う奴《やつ》ですわ。繊維が多い植物は乾くとよく燃える。森のものは、なに一つ無駄になんねえ。……お嬢が独り立ちするまでに覚えることは、まだありそうっすねえ」

スケさんの寿命は骨の具合からあと半年ほど。それまでに自分の知識をゼラに授けてしまいたいようだ。

「ちゃちゃっとやって、明日の市で売る護符《ごふ》作りにはげみましょうや」

「そうだった」

明日は近くにある村で市が開催される。

普段は森で採れるものを工夫して自給自足するゼラだが、塩や砂糖、それに油など、自分では作れないものを買うため、金を稼いでおく必要がある。

なので、市で魔除《まよ》けの護符や煎《せん》じた薬草などを売っているのだ。

「この分だと、明日もいい天気になる。祭も近いんで、きっと市にくる客も増えますぜ」

口にしながら、スケさんはかつて鼻があった場所を擦る。

その足下を、生まれたばかりのひよこが走り回るのを見つつ、ゼラは首をかしげる。

「祭って？」

「収穫祭ですわ。取れた作物を使って料理を出したり、あとは見世物も少し来ますかね」

普通の祭だ。なんで護符が売れるのかまるでわからない。

詳しく訪ねようとするも、ヒヨコを追いかけてきた雌鶏《めんどり》から、邪魔だとばかりに突かれスケさんは悲鳴をあげつつ裏庭へ逃げて聞けないまま、ゼラはすっかり祭のことを忘れていた。


スケさんが言った通り、市の日は快晴だった。

村はずれの空き地には、雑貨や舶来《はくらい》ものの香料や酒といった贅沢品《ぜいたくひん》を売る行商人の天幕がずらりと並び、人出を目当てにした揚げ菓子や軽食などの屋台が間を埋める。

ゼラは天幕の隙間に藁《わら》敷物を敷いて、手作りの護符を売っていた。

農村ということで、家畜の安産を願うものや豊穣《ほうじょう》を呼び込むものが多いが、一番の人気商品はなんといっても恋を成就させる御利益がある護符《ごふ》だった。

（失恋した私の恋愛護符が効くっていうのも、なんか皮肉だけど）

最初は森で取れたものを売っていたが、まるで儲《もう》からず、困り果てているところにスケさんが言ったのだ。

きのこや薬草を売っても大した儲けにならないが、護符なら人気次第で金になると。

それぐらいなら見習い魔術師でも作れる。簡単なことだと安堵していると、スケさんは普通のだけじゃ駄目だ。目玉商品が欲しいと主張する。

結果、恋の護符なるものを作ったのだが――中身は、ちょっと勇気や自信が湧く暗示魔法しか掛かっていない。

詐欺じゃないのと突っ込んだゼラに、スケさんは熱く語る。

女は度胸。それで失恋したら思い切りよく次の男っていうのでいいんです。

自信さえあればちょっとした化粧や仕草でも、映えて見えるもんなんです。

「そういうものかなあ……。私は、失恋したからって次なんて思いつかないけど」

ははは、と乾いた笑いを漏らす。

城を出てから半年近く過ぎたし、表面では普通に振る舞えるが、まだ夢で初恋の人を――レナードを見てしまう。

こんなに未練がましい性格だったかな、と思いつつ、ゼラは薔薇水晶に紐《ひも》を通し首飾り型にした護符を指でつつく。

「お前たちを買っていく子の恋は、実るといいね」

生活が掛かっているのもあるが、やはり失恋するより幸せになってもらう方がいい。

そんなことを考えていると、数人の村娘が息を切らせ駆け寄ってきた。

「ねえ！　この間の恋の護符、今日も売ってる？」

声を揃えて前のめり気味に尋ねられ、ゼラは身を反らしつつうなずいた。

ちょうど突《つつ》いていたから見つけやすかったのか、ゼラの手元を見た娘達はぱっと笑顔になり買い求める。

「よかった。先月の市でこれを買ったアニタが鍛冶屋のガダルに告白して、付き合うことになったって聞いて、絶対に私もって思って探していたの」

「領主様のところの騎士見習いのクライドさんが、牧場のシイラと歩いていたのも絶対そうだって！　だってアニタと同じ護符を首から提げていたもん」

「ダナは護符を買ったら勇気が出て、意中の人の名前を聞けたって！　今度告白もするって！」

よっぽど必死に探していたのか、それぞれが思い思いにしゃべるので、ゼラは聞き取るのに忙しい。

アニタもシイラも知らないが、護符を買った娘の恋が上手くいったらしい。

嵐のような一団が去っても客はまったく途切れることがなく、護符は次々に売れていく。

顔を輝かせながら、自分も恋を実らせたいと語る娘達から金を貰いつつ、ゼラは口元を綻《ほころ》ばす。

すごく可愛《かわい》い顔をしている。照れながら嬉しそうな笑顔を浮かべる様子にこちらまで幸せになる。

いいなあ。上手く恋が実るかなあ。などと考える一方で、自分もレナードに好きと告白していたら、なにか変わっていたのだろうかとも思う。

（いや、余計に困らせることになったかも）

相手は婚約者がいる身だ。ゼラの好意は受け取ってもらえなかっただろうし、受け取ってもらえればそれはそれで、婚約者の女性に悪い。

だから、やはり黙って別れて正解だったのだと、過去の失恋にしくりと痛む心に言い聞かす。

沢山あった恋の護符は売れ、それだけ効くなら他のものもと、商売繁盛や家畜の安産祈願の護符を求めて男性の客も増え始め、昼を少し回ったところでゼラの手元には売り物がなくなってしまう。

スケさんの商売眼《がん》はすごいなと感心しつつ店じまいしていると、出遅れた娘の一人が恋の護符を求めてやってきた。

売り切れたというと、見ていて気の毒なほどしょんぼりしたので、ゼラは首から下げる紐はないけれどと断った上で、魔女服に下げていた腰から下がる鎖を指でたぐり寄せる。

細い楕円《だえん》の輪を二つ重ね、鳥かごのような形にして連ねた鎖の中には、魔法の触媒となる宝石が一つずつ入っているのだ。そこから薔薇水晶を抜いて魔法をかける。

「ありがとう！　もう無理かなって思ってたから嬉しい」

料金を弾もうとする娘を留め、ゼラはずっと疑問になっていたことを尋ねる。

「それより、今日はお祭りかなにかあるの？」

朝の三人組といい、その後に続いた娘たちといい、みんな必死なのはもちろん、心なしかいつもより着飾っていた。なので祭があり、そこで告白するなり、恋を進展させるなりしたくて護符を買うのかと思っていたが、気合いの入った娘たちとは裏腹に、行き交う人々や街の様子に変わりがないのが不思議だった。

「お祭りはまだ先。次の満月の時よ」

はにかみながら娘が言う。祭は豊穣と収穫を祝うもので、子どもはコルヌコピアと呼ばれる、藁を編んで作った角《つの》にお菓子を入れてもらおうと家々を巡り、娘達は豊穣の女神に、男達は牡鹿《おじか》に扮《ふん》して夜通し求愛しあうと言う。

「この村に意中の彼がいる子は、その時に告白するつもりだろうけれど」

「この村に……？」

わざわざ説明する必要があるのもおかしい気がして、聞き直せば、娘は眉を寄せ、仕方なげな苦笑をしながら肩をすくめる。

「特定の相手が居ない子は、王都から領主の館に来てる騎士から好きになってもらおうと大騒ぎしてる。金髪碧眼《へきがん》のすっごい美形なんだって。噂では聖騎士だって話だけど、こんな辺境に来るかしらね？」

金髪碧眼と聖騎士という二つの単語でレナードを想像したゼラはドキリとする。が、すぐ娘の言葉に同意しうなずく。

こんな辺境に聖騎士が来る訳がない。騎士であると同時に高位聖職者である彼らは、聖王国または王都にあるような大きな教会に所属する特別な存在だ。

騎士を千人集めても、その中に一人か二人いるかどうかで、レナードと同じ最高位である円卓の聖騎士などは、世界に二十六人しかいない。

人の手に負えない魔物か、あるいは聖王の密命でも帯びていなければ、めったに大都市から出てくることはないので、魔物にも聖王にも縁がない田舎の村で見る筈もない。

「軍服が白かったから勘違いしたんだと思う。確かに魔物は出ているけど……」

「え？」

――魔物が出ている？

そんな筈はない。魔物を呼んでいた魔王は、他ならぬゼラたちが討伐したというのに。

ゼラの驚きの声を、おびえたものと勘違いしたのだろう。娘は安心させるように手を振り伝えた。

「そんな大層なものじゃないの。領主様のところの騎士で対応できるような弱いやつが、夜に森から出てきて、畑を荒らしたり、馬車をひっくり返したりしているって。魔王が居た頃に比べたら平和なものよ」

「それはそうだけど……」

魔王を封じても、世界の歪みが元に戻るまでは時間が掛かるのだろうか。

大型や魔法を使うなど特殊な能力のある強い魔物ほど、大きい歪みを――異世界とのつながりを必要とする。逆に、弱ければ弱いほど小さい歪みを糧に存在を維持できる。

だから野犬が人間化したものや、遺体に宿った死霊などがまだ残っているのかもしれない。

「祭が終わったら自警団でもって話が出ているから、王都の騎士に隊長か訓練指揮を任せるつもりなんじゃないかなって、うちの父さんは言ってた」

それならありうる。いや、きっとそうだ。

（レナードのことかと思って、ちょっと、びっくりしちゃった。）

魔王討伐が終わるや否や、祝いの宴にも出ず聖王国に戻ったレナードが、用もなしに、こんな田舎に来るなんてない。

ははっと軽い笑いを漏らしつつ、自分の未練がましさに呆れていると、娘がぐっと顔を寄せてきた。

「でも帰り道には気をつけないとだめよ。魔物はやっぱり魔物だもの。いつ人が襲われるかわからないし、王都にはもっと強い、ガー？　ガーなんとか？」

「ガーゴイル？」

城や教会を守るために作られた怪獣の石像に邪気が宿り、動くようになった魔物だ。

本体は屈強な男性程度の大きさだが、蝙蝠《こうもり》と同じ形の翼手で空を飛び、丸太のように太い尻尾で人を吹き飛ばし、黒く穢《けが》れた爪で肉を引き裂く。

「そう。ああいう魔物が空を飛んでるって……えっ？」

空を指し、ゼラを心配していた娘が一瞬で顔を青ざめさせる。

どうしたのかと訝《いぶか》しんでいると、市場のどこかで魔物だーっと叫ぶ男の声がした。

青く晴れ渡った空に、黒い影がぽつんと浮いている。

影がこちらへ近づくにつれ、蝙蝠に似た翼と角を持つ頭、尾てい骨からさらに伸びる大蛇《だいじゃ》じみた尻尾などが目にとまる。

黒く油染みた体表と林檎のように赤い目を見ればわかる。ガーゴイルだ。

(ちょっと待って！　どうしてあんな強い魔物がいるの？)

聖騎士と同じく勘違いだろうと聞き流していたが、目の前にすると認めるしかない。

誰かが魔法でいたずらしているのではないか。

魔力を広げて探査するが、それらしき形跡はない。

そのうちガーゴイルは、雨樋《あまどい》が水を伝うようなごぼごぼとした泣き声を響かせながら、広場の上を旋回しだす。

「ガーゴイルだわ！」

「ひぃい、喰《く》われる！　喰われるのはイヤだああ」

獲物を探すような動きに、楽しげだった周囲の雰囲気が急変する。

悲鳴を上げる女たち、店を放り出し、品物が地面に散らばるのにもかまわず逃げ惑う男たち。

慌ただしく乱れた足音、怒号、ものの壊れる無機質な音。そういう雑多な騒音ばかりが耳を貫く。

空を飛ぶ魔物に遭遇した時は、頑丈な建物に逃げ込むべきだが、市が開催されるような広場だ。天幕は沢山あっても、魔物の鋭い牙や爪を防げる板壁や石壁など一つもない。

身の安全を求めて、続々と人々が村のほうへと駆けていく。

あまりに一斉に逃げはじめたためか、柵《さく》で囲われた広場の出口は人で埋まっており、しびれを切らした者の中には、広場を囲う柵を壊そうとする者まで現れ大混乱となっていた。

今更、後を追って逃げても間に合わない。群衆に潰されて怪我をするだけだ。

瞬時に判断したゼラは、身を隠す場所がないかと当たりを見渡す。

少し先に行った処に、屋台で出していた酒の樽《たる》が積まれているところがある。

(心許ないけど、あの陰に入っていればやり過ごせるかも)

けれど、酒樽《さかだる》の陰に行き着くまえにゼラは足を止めてしまう。

天幕の間を抜ける広い通路の真ん中で、子どもがうずくまって泣いていたのだ。

転倒し、親からはぐれてしまっただろう。

手と膝をひどくすりむき頬にまで泥をつけた状態で、ずっとしゃくり上げている。

周囲には誰もおらず、ゼラと子どもだけが開けた通路に残されていた。

(まずい)

屋台の方へ向けていた足を大至急で左に——子どもの側へと変える。

ガーゴイルは旋回する輪を急速に縮小させながら、ゼラたちの頭上へ寄りだしていた。

「大丈夫!?」

確認の声を上げる。

すがる大人を見つけた安堵か、それまで喉を引きつらせていた子どもが、わああっと泣き声を上げゼラにしがみつく。

抱え上げようとするけれど、恐慌状態のまま足をばたつかせられて手間取ってしまう。

それでもなんとか持ち上げ、最初に目星をつけていた酒樽の影に子どもを押し込んだ刹那《せつな》。

ごう、と空を切る低音があたりに響き、砂粒混じりの風がゼラの頬やむき出しの腕をなぶる。

かばうようにして子どもに覆《おお》い被《かぶ》さると、生暖かく獣《けもの》臭い息がうなじをかすめる。

繊維を切る乾いた音がして、肌を隠すために羽織っていたマントが一瞬で引き裂かれた。

ガーゴイルが滑空しながら、二人を攫《さら》いあげようとしていたのだ。

危なかった。倒れ込んだのと同時だったから、背負った敷物だけですんだと安堵したのも一瞬、ひりつく痛みにゼラはうめく。

「あうっ……っ」

見れば、魔女服から剥き出しとなっている背中に赤い線が三本走っており、ぷつ、ぷつと赤い珊瑚珠《さんごだま》のような血が浮いている。

（やられた。爪でかすられた！）

ガーゴイルの爪は、腐敗の毒が汚れのようにこびりついている。

早く傷の手当をしないと、発熱と激痛で意識を失い倒れてしまう。

顔をしかめて空を見れば、ガーゴイルはゼラたちの隙をうかがいながら旋回行動へと戻っていた。

（仲間はいない。はぐれかしら？）

空を飛ぶガーゴイルと、背後でうずくまる子どもを交互に見つつ思う。どうにかできないか。

（いや。……ガーゴイルは肉食じゃなく、人の魔力や精神を糧にしていた筈）

人を害することは他の魔物と同じだが、血や肉から魔力を、死におびえる心から理力を吸い上げるのだ。

――つまり、彼らに取って、流れる血まで魔力を帯びているイグニスの民は、ゼラは、極上の餌《えさ》となる。

（私が囮《おとり》になれば、多分食いつく。あとはどう時間を稼ぐかだけど）

魔王を封じる技を持っていても、魔女としてはまだ駆け出しで、基本的な魔術しか使えない。ガーゴイルのような上級の魔物を一人で相手にするのは難しい。

だが、小さな手を震えさせ、おびえる幼子を見て心を決める。やらなければ。

「絶対に、この樽の陰から出ちゃダメよ？　わかったわね」

素早く言い聞かせ、ゼラは屋台の間から通路へと踊り出る。

腰まである黒髪が帯となって空を滑り、身を包む魔女装束の裾がふわりと翻る。

魔力をもつ存在に気づいたガーゴイルが、蝙蝠と同じ形をした翼で空を切り、ゼラの正面に移動する。

ゼラは魔法の触媒となる宝石が入った鎖のベルトから、手探りで虎目石《とらめいし》を摘まみ出す。

それから背中の傷から血をひとすくい指に付け、石に塗ってから魔力を込める。

虹彩に似た金の筋と硝子質の黒い外殻《がいかく》を持つ虎目石が、ゼラの指先でゆっくりと熱を帯びていく。

そのうち、バチバチと爆《は》ぜるような音や閃光《せんこう》が放たれ、強く輝きだした。

――空に飛ぶ魔物によく効く、雷鳴の魔法だ。

だがガーゴイルを吹き飛ばすには、まったくもって威力が足りない。

勇者と冒険していた時は、魔法の杖《つえ》に魔法の指輪と、己の能力を数倍に増強する装備をしていたが、今のゼラには、薬指に母が残してくれた古ぼけた月長石《げっちょうせき》の指輪があるだけ。

雷鳴の魔法で攻撃したところで、鼻先で火花を散らしてガーゴイルを驚かせるのが関の山だ。

(それで逃げてくれればいいけど……)

狙うはガーゴイルの翼の付け根骨。

空飛ぶ魔物共通の弱点であるそこが傷つけば、ガーゴイルは大地に叩きつけられる。

「空から下りて、その輝きで原初の大地を穿《うが》つもの。イグニスの娘の名に置いて我が手に宿れ雷の槍《やり》よ!」

魔力の発露である衝撃波がゼラの黒髪を散らしうねらせ、中空に不規則な曲線を描く中、摘まんでいた虎目石をガーゴイルへ向かい投げつける。

轟音が響き、激しい電流の輝きが魔物に向かって放たれた。

雷鳴はまっすぐにガーゴイルへと至り、骨が折れる気色の悪い音がし、翼手を形作る飛膜が真っ二つに裂ける。

ガーゴイルは雄叫《おたけ》びを放ちながら落下し、派手に土砂を巻き上げながら地面に激突する。

(これは上手くいったかも!)

そう思った瞬間、のそりと起き上がった黒い影が、ゼラを目指して突進してきた。

「ッ……！」

墜落はしたが、さほど傷を与えられなかったのだ。

片翼《かたよく》を軍旗さながらに振り立てかざし、折れたほうの翼を地面に引きずりながら、一瞬で距離をつめた魔物は、ゼラの眼前で仁王立ちとなり、怒り混じりの咆吼《ほうこう》を吐きつつ赤黒い口腔《こうこう》を見せつける。

きびすを返し走りだすも、巨体の魔物が地団駄を踏んで地面が揺れ、ゼラは足を取られてつんのめった。

鈍い衝撃が身に走った次の瞬間、激しい痛みが足首を襲う。

捻挫《ねんざ》と気づくも、手を足首にやる暇もないほど魔物が眼前に迫っていた。

子どもが怖がるから絶対に悲鳴は上げまいと、死を覚悟しつつ力一杯に歯を食いしばった時だ。

地面を蹴る馬蹄《ばてい》の音が急速に迫り、ガーゴイルの背後に影が差した。

誰かが、領主の館にいるという騎士を呼んでくれたのか。

思いつつ目を開けば、竿立《さおだ》ちとなった白馬の上で剣をかざす一人の男と視線が合う。

あらゆる不正も嘘も許さぬほど、蒼く潔癖《けっぺき》な瞳に鼓動が止まる。

ついで、陽光を反射しさらと乱れ散る黄金の髪に息を呑み、最後に、騎乗の男が携える剣に心が震えた。

（嘘だ……！）

瞬発的に思う。

男の目と同じほど蒼く透き通った刃を持つ大剣は、神より聖別《せいべつ》された特別なものだ。

この世界に二十六本しか存在せず、聖王と同じ円卓に座る最高位の聖騎士だけが帯剣を許される、極めて

特殊な聖遺物《せいいぶつ》。

それを持つ者など、ゼラが知る限り、この国には一人しかいない。

「レナード！」

魔王討伐の仲間の一人、聖女の護衛として付けられた聖騎士の名が叫びとなって口からほとばしる。

だけど男――レナードはゼラの驚愕《きょうがく》などかまいもせず、手にした剣を一閃させた。

両手でも支えきれない巨大な剣だが、刃は実体でなく聖なる理力が凝縮したもの。

変幻自在にぐんと刃を大きく伸ばし、レナードの聖剣がガーゴイルの肩口へと振り下ろされる。

硝子でできた鈴《すず》をありったけに震え鳴らすような、しゃあん――と美しい音がして、ガーゴイルの身体が真っ二つに切り分けられた。

魔物は自分が斬られたことも、死ぬこともわからないのか、首を傾《かし》げ、その形のまま石へと変化し、粉々に砕け落ちてしまう。

乾燥してひび割れた石が散らばる中、ゼラは陸へ打ち上げられた魚みたいに口を開閉させる。

――どうして。

見間違いかと何度も頭を振るが、目の前の景色は変わらない。

二人の間に立ちはばかっていたガーゴイルという存在が消えたせいか、舞い上がる砂煙にもかかわらず、レナードの顔はよく見えた。

頬を染めつつ思う。最後に見た時と変わりなく格好いい。

高い身長に長い手足。

体幹を支える背筋に一切のゆがみはなく、広く堂々とした胸板や綺麗《きれい》な形の肩に恵まれ、ただ立っているだけでも、見る者に清冽《せいれつ》さと凜々しさを印象づける。

着ている軍服は機能性が追求されたものではあるが、まぶしいほどに白く、上半身に沿って二列で並ぶボタンや、肩から下がる飾緒《しょくしょ》は金。

立襟と袖口は聖騎士を現す蒼い絹布張りで、階級を示す肩章《けんしょう》に至っては銀糸と宝石で飾られている。

真っ白な上、こうも手の込んだ装飾では、返り血を浴びた時に洗濯が大変だろうと思ったが、繊維の一本一本に聖職者の祈りが込められており、穢れや攻撃から防護し、血どころか、泥や雨に汚れることもない。

たかだか服にご大層なと呆れたが、騎士としてではなく、高位聖職者であると考えれば当然だろう。

宗教的儀式を行う権限すらもつ聖騎士は、司祭の代わりに教会で説教を行うことや、結婚を執り行うこと、果てには王への戴冠儀式まで許されており、信徒や人の上に立つ機会が多い。

だからか、聖騎士になる者は見た目の品格や礼儀作法まで厳しく審査される。

そう考えれば、彼ほど聖騎士という言葉がふさわしい男もいないだろう。

神の最高傑作と言いたくなるほど見事な色をした金髪に、極上のサファイアすら霞《かす》む蒼き瞳。

細い輪郭は女性的だが、高く線の通った鼻梁《びりょう》や切れ長の眼差《まなざ》しは鋭く、見る者に意志の強さと侮《あなど》りがたい強さを知らしめる。

秀《ひい》でた額から頬骨《ほおぼね》へ至る線はなめらかで、女でも気後れしてしまうほど優美な造形で――。

整いすぎて彫像じみているレナードの容姿は、いっそ怖気《おぞけ》が立つほど麗《うるわ》しい。

しかしそれだけに、彼の心持ち一つで驚くほど雰囲気が変わり、人の心を揺るがすのをゼラは知っている。

普段は表情を抑えているが、ふと笑うと内面の優しさや誠実さが滲《にじ》み出て、親しげな眼差しにどきりとさせられるのだ。

彼はゼラの驚きを気遣う余裕すらないらしく、馬から飛び降り大股で駆け寄ってきた。

「大丈夫か、ゼラ！」

驚きすぎて硬直しているゼラの肩を掴んだレナードは、そのまま強引に女の身体を抱き込んだ。

「うわっ……！」

地面にへたり込んでいたところ、急にかかとが浮くほど立たせられ抱かれて、ゼラは目を白黒させる。

「ちょっ、ちょっ、と……まって」

事情を聞こうとするが、レナードには届いておらず、まるで生き別れになった妹か恋人を見つけたみたいな勢いでゼラを抱きしめては、黒髪やら肩やらをさかんにまさぐっている。

「ゼラ……、ゼラ……！」

必死かつ哀願じみた声の響きに動悸《どうき》が逸《はや》りだす。

これは夢だろうか。

現実とはおもえない状況なのに、腕に込められた力や震える声、服越しに伝える体温といったものが気になり、心が変にそわそわしてしまう。

「ね、ねえ！　どうしちゃったの？　なぜここにいるの？」

ともかく落ち着きたい。だからレナードとの距離を取ろうと、ゼラは両手を突っ張った。

けれど渾身《こんしん》の力をこめても胸板がびくともしない。

力の違いや手に伝わる肉体の堅さから異性を意識させられ、ゼラの気恥ずかしさが頂点に達する。

「レナード、お願い。落ち着いて。質問に答えて。じゃないと……頭がおかしくなっちゃいそう……」

困り果てて半泣き声で訴えると、ゼラの声で我を取り戻したレナードが、がばりと肩を掴む手を離し、それからゼラの顔を真っ向から見つめてきた。

「ゼラ」

「大丈夫……？」

聖王国に戻って、婚約者と結婚するんじゃなかったの。どうしてここにいるの？

そう続けようとするより早く、レナードはきゅっと眉根を寄せ、それから長いため息を落とす。

「大丈夫かと聞きたいのはこちらのほうだ。魔力もろくに回復しないまま、一言も残さず城から消えるなど自殺行為だ。どれだけ心配したと思う」

責める口ぶりだが、レナードの目に宿る感情はどこか寂しげで、妙に心に迫ってくる。

「心配なんて……別に誰も……」

「俺は心配した」

「回復の魔法陣があったから、魔王の戦いで倒れた後も心配してくれてたのは知ってる。でも……レナードは国に帰ったって聞いて、他には誰も、その……」

婚約者がいる男性に対し、頼れる人が居なかったのとは言いづらくて口ごもると、レナードが嘆息《たんそく》し空を仰ぐ。

「リリーサだろう。王宮に戻った途端、お前が悪く言われていて胸が悪かったぞ。……あの女。相も変わらず陰険な仕打ちを」

「王宮に戻ったたっ、て？　いつ？　魔王討伐が終わって聖王国に帰ったから、もう二度と戻って来ないって」

疑問符が湧いて頭の中を埋め尽くす。

「誰がそんなことを言っていたんだ」

よほど心外だったのか、レナードが間髪いれずに問い詰める。

「えっと……。いや」

侍女たちの雑談を盗み聞きしてしまったとは言いづらくて口ごもる。

レナードは、犯人にはさほど興味がなかったのか、ゼラが困った様子を見せるとそれ以上追求せず、事情を説明しだした。

「本国には戻っていた。聖王猊下に任務成功の報告や、他にも調査していたことの結果を伝える必要があったからな」

聖騎士であるレナードは教会に所属している。そのため君主は国王ではなく聖王だ。

勇者のヴェアン王子の魔王討伐が終わり、すぐ父王に報告するように、レナードが聖王に伝えるのは当たり前だろう。

「だが、ほんの三日だけのことだぞ」

己の迂闊《うかつ》さにあんぐりと口を開けていると、レナードは留守番をしていた子どもを褒めるようにして、ゼラの頭を何度も撫でてはにかんだ。

「目覚めた時に側にいてやれなくて、悪かった。……まさかそんなに不安がってくれるとは思わなくて」

ちゅっ、と音をたてて頭頂部にキスされ、ゼラの理解力と羞恥心が限界を迎える。

なにかが変だ。魔物に襲われたことも、聖騎士であるレナードがここにいることも、そして、自分の片思いな筈なのに、彼から恋人のように扱われている状況も！

なにひとつ思い当たることがなく、だけど、触れる感触や声は間違いなく現実という状況に、心と体がついていけず、ぐらぐらと目眩がする。その上、こころなしか身体が赤い。

(そりゃ、好きな人に抱きしめられてるんだから、赤くなるだろうけど、頭痛がするほど恥ずかしいだなんて)

ぼうっとする頭の中で、芯だけがズキズキと激しく疼《うず》く。

まるで熱病にかかったみたいな——？

そこでゼラは思い出す。そういえばガーゴイルに傷つけられたんだった。

これは熱病だ。熱病が見せる夢に違いない。確かめたくて思いっきり頭を振った瞬間、重心が揺らいで倒れかける。

「ゼラ！」

気づいたレナードが腰を支えてくれたので、地面と激突することは避けられたが、足首がひどく痛みを訴えている。

「いっつ……ぅ……」

涙目となりながら、ゼラは転倒して捻挫したことを思い出す。

ガーゴイルに襲われ、生死の境目を味わってから今まで、驚かされることばかり続いて忘れていた。

(これは、思ったよりひどいことになっているかも)

ねじった上、無意識にそこへ重心をかけたのだ。当面、歩きづらいことになる。

「捻挫しているのか」

しきりに足首を気にする様子から、ゼラに怪我があると思い至ったレナードが、ゼラを腕に抱き上げる。

「いっ……ひゃッ！」

視点の高さと浮遊感におたつき身を小さくすると、おとなしく捕まっていろと命じられる。

「あ、あの。歩けるから！　それに、まだ事情も……」

「……怪我もしているんだろう。出血は止めたが発熱は魔法ではどうにもならない。手当できる処へいかなくては」

骨折や切り傷は、聖騎士や司祭が使う魔法で治癒可能だが、病気だけは、神が人に召された試練として、回復の魔法が存在しないのだ。

「で、でも用事があって、ここに来たんじゃ……」

「立ち話している状況じゃないだろう。用事というなら、今はゼラの怪我を治すことが一番大事だ」

きっぱりと言い切られ、それ以上、口をはさめなくなってしまう。こういう時のレナードは頑固なのだ。

諦めて世話になることにして、ゼラは屋台の裏にいる子どものことをレナードに話す。

すると彼は、姫君にでもするような丁寧さでゼラを己の馬の上に座らせ、それから子どもの元へ行き、手を引いて広場の出口へと連れて行く。

馬上から目をやると、母親らしき女性が泣きながら息子を抱き上げ、しきりとレナードに頭を下げていた。

「あの子が怪我しなくてよかった……」

痛みのせいか、どんどん思考力が鈍くなっていく中、ゼラは独り言を口にする。

「だからといって、ゼラが傷ついていい訳じゃないだろう。まったく、お前は昔からずっとそうだ。……痛いとか、嫌だとか、リリーサや勇者に言ってやってよかったんだぞ。無理ならもっと俺を頼れと伝えていただろう」

聞き慣れたレナードのお説教だが、変わらず優しく耳に響く。

なんのかんの言いながら、ゼラが孤立したり、不利益を被ることを真剣に案じてくれているとわかるので、怒られても嫌だと思えない。どころか、心を配られていることがくすぐったいほどに嬉しい。

身体のあちこちが熱い上に喉も渇いて痛むのに、つい笑いを漏らしてしまうのは、きっと熱が出ているせいだ。

「ともかく手当てが先だ。それから、ゆっくり話をしよう。……俺がどれだけお前を捜したか」

溜息《ためいき》まじりに言われたせいか、最後が少し聞きづらい。熱で耳鳴りもしだしている。捜していたと聞こえた気がするが――。

なにか言おうとして、でも頭が働かなくて、ゼラは一番簡単な問いを口にする。

「どこにつれていく、つもりなの？」

「ひとまずは、世話になっている領主の館に滞在するが、すぐに王都へ旅立たねば」

「……嫌」

目覚めたら侍女たちがゼラを悪女と噂していたことを思い出し、目を背ける。

（あの時のことは、もう、考えたくない）

仲間に嘘をつかれ嫌われ者になった上に失恋した。

その二つの事実は生煮えのお粥《かゆ》に似ている。

我慢すれば呑み込めなくはないが、どうしたって芯になるものが気になり、消化不良の塊となって心がざらつく。

「王都になんか行きたくない……」

ゼラの噂を耳にしたのだろう。無理もないと言った様子でレナードが眉間に皺を寄せた。

「あっちに家があるから。……帰りたい。一緒に住んでる人が心配しちゃう」

緩やかに進み出す馬上でゼラがそう口にした途端、左腕をゼラの腹に回し、壊れ物でも扱うように優しく抱き支えていたレナードが、目に見えて身を強《こわ》ばらせる。

「……一緒に、住んでいる人だと？」

繰り返され、そんな状況でもないのに、ふふっと少しだけおかしくなる。

今日のレナードは鸚鵡《おうむ》みたいだ。ゼラの言葉尻をなんど繰り返すつもりだろう。

相手がそれだけ狼狽《ろうばい》し、驚いているとは思いも寄らず、ゼラはうなずく。

「うん。一緒に住んでる人がいるの。ちゃんとした家ならともかく、壊れた森番の小屋に一人で暮らすのも大変だから。修繕なんてしょっちゅうだし」

「まさか男か」

聞いたこともないほど低い声でレナードが唸《うな》る。

だけど発熱しているせいか、ゼラの意識はかなりあやふやだった。

スケさん――白骨遺体を男と言うのが正しいかどうかわからないが、少なくとも生前は男だった。うなずいても差し支えないだろう。

「そう。……なにかと助けてくれるの」

口にした途端、今朝の心配そうな顔や、骨しかない指から卵を落として右往左往する姿を思い出し、ゼラは笑ってしまう。

ぎりっと奥歯をかみしめる音がして、腹に回されたレナードの腕に力がこもる。

（どうしたのかな、怒らせるようなことなど一つも口にしていないのに）

相手の感情がどこにあるのか読めず、肩越しにレナードの表情を確かめようとした瞬間、ひときわ強い目眩が身を襲う。

あ、これは駄目なやつと悟り顔をしかめるけれど、一度遠ざかった意識は戻ってくることはなく。

ゼラは、馬上の揺れと背にある男のぬくもりに身を任せて目を閉じた。

第三章

「なんですか、なんですか、なんですかぁ！　あっしは無害な骨ですよ！　そんな物騒なものを振り上げないでください！」

「黙れ魔物め！　なんの故あってここにいるッ！」

発熱が引き起こすけだるさの中、喉を裂かんばかりの悲鳴と、それを一喝《いっかつ》する男の声が鼓膜を震わす。

あまりのうるささに目を開ければ、信仰の蒼い刃を纏った聖剣を片手に構え、今にも崩れそうな小屋を睨むレナードが目に入る。

なんだなんだと、ずり落ちるようにして鞍《くら》から地面へ足を下ろせば、扉の影から頭蓋骨《ずがいこつ》を覗かせていたスケさんが、すがるような目でゼラを見た。

――いや、白骨死体なのですがるような眼窩《がんか》が正しいか？

ともあれ、困り切った様子なのは伝わってきた。

ゼラはよろめき崩れそうな足を叱咤《しった》しながら、レナードの後ろに立つ。

が、膝が持たずよろめいて、男の背にぶつかるや否や崩れ倒れかける。

目の前の魔物（スケさんだが）と対峙《たいじ》しつつも、ゼラに気を配ってもいたらしい。

地面に倒れ込むより早く、レナードの手が腰に回り抱き支えられる。

(こ……、こんなに、ベタベタする人だったかな)

疼く頭の中で違和感を覚える。

一緒に冒険していた時は、こんな簡単に人に触れるような男ではなかった。

紳士的で女子どもに親切な人ではあるが、同年代の女性に対しては礼儀正しくも距離を置いた対応をする。

聖女には礼儀をさしおきもの申すし、ゼラには妹か従姉妹かという親身さで相談に乗ってくれたが、それは仲間に対する親しみ故のことで、色恋目的で近づく女性に対しては、浮気性の勇者とは真逆に節制の効いた対応をしていた。

ひょっとしたらゼラが病人だからか。なんとなく自分が納得する考えを探しつつ、スケさんを助けようとゼラは身を起こす。

「あっ！　お嬢！　お嬢！　その御仁《ごじん》はなんなんですか！　挨拶もなにもなしに抜刀するなんて、それでも騎士の中の騎士たる聖騎士ですかい！　弱い者いじめ反対！　あっしは、まだこの世に未練があるんす！」

ガタガタと骨を震わせスケさんが必死に訴える。当然だろう。

聖騎士の剣――聖剣には、死霊術を無効化する力がある。

この世で善行を積み、神の御心《みこころ》に沿うことにより天国で癒やされ、無垢《むく》な魂として地上へ戻る――そんな教理を掲げる聖教会にとって、魔術により生を引き延ばす死霊召喚体は横紙破り。

つまり相反する存在なのだ。

（まあ死霊術自体が、聖教会からは認められていないし。……使える魔術師や魔女は異端扱いだし）

召喚体の性質は、生前の性格と召喚した魔術師の性格に左右され、必ずしも悪とは限らない。

大概は無害で、ゼラのように森で孤独に暮らす魔女や魔術師の、貴重な召使いがほとんどなのに。

「レナード、ごめん、剣を下げてあげて」

骨を砕かれては大変だ。一度壊れた死霊召喚体の血肉はもちろん、骨も、再生することはない。

だって、もう、死んでいるのだから。

「いや、しかし……あれは」

「あれは私が召喚した人なの。ここの小屋で死んでいたから、しばらく住んでも大丈夫なのかを聞きたくて」

ゼラが説明すると、へえ、とスケさんが後頭部を書きながら会釈をする。

「あっしも若くして死んで未練がありましたし。ここらは冬場になると狼《おおかみ》もでますし、風呂の水汲みすんのも一人じゃ大変だから……。利害の一致で同居させて頂いているというか、させてるというか」

補足するようにスケさんが告げれば、騒動の原因となっている聖騎士様がぽかんとした。

「お風呂……」

「こんなボロ小屋なわりに、ちゃんとあるんす。……沸かすのは手間だし薪《まき》を喰うから、冬場でもなければ使いやしませんけどね」

「まさか同棲《どうせい》しているというのは、あの骨か！」

心底驚いた様子でレナードが問うのに、ゼラとスケさんは同時にうなずく。

「あっしの他に〝骨〟はいませんねえ……」

「俺はてっきり、その、男だとばかり」

顔を赤くしたり青くしたりと忙しく変化させながら、レナードが理解に苦しんだ様子で声をうわずらせる。

「どう見たって男じゃないかな。スケさんの腰骨の形からすれば」

ゼラが指で示すと、スケさんが腰に手を当てて、どうだと言いたげに肋骨《ろっこつ》を張る。

「お嬢に命を助けてもらったお礼に、下男みたいなことをしとりやす」

レナードの顎《あご》が大きく下がる。美形は得だ。そんな顔をしても様になる。

どうでもいい感想を抱きつつうなずいていると、スケさんがそろそろと小屋から出てきて提案した。

「ここではなんですから、中でお茶でも？」

「いや、お茶より湯を沸かしてくれ。……ゼラが怪我をしている」

戸惑い気味ながらも、しっかりとゼラを支え介助しレナードが伝える。

木枠に干し草を積んだベッドに腰を下ろされた途端、藁と石けんの匂いがふわっと当たりに立ち上り、ゼラの心が安らぐ。

先日、新しい干し草を摘め、洗い立てのシーツをかぶせたからだ。

やっておいてよかったと息をついていると、唐突にレナードがゼラの前で跪《ひざまず》いた。

「足を見せてみろ。捻挫しているほうだ」

「だ、大丈夫！　たいしたことないから。わざわざ魔法を使わなくても、自分で手当すればいいし。薬草も揃ってるし」

ねじった当初は激痛だったが、馬で帰宅できる間に休めたことと、捻挫と気づき、意識して体重をかけないようにしていたため、今はさほどつらくない。湿布をあててれば数日で落ち着くだろう。

それより背中の傷が気になる。出血は止めてもらったが消毒しないと熱が下がりにくくなるのだ。

普段なら、レナードの目を気にするゼラも、騒ぎと病でうっかりと気配りを忘れてしまう。

うなじに手を回し、そこにある留め金を外すと、上半身を多う布が一気に緩む。

落ちてきた前身頃《まえみごろ》を腕で押さえて胸を隠し、傷の状態をたしかめようと首をねじっていると、顔を真っ赤にしたレナードと視線が合った。

「どうしたの？」

「どうしたのではないだろう……。男の前でいきなり肌をさらすなど」

「あ……ごめん。でも、手当しなきゃだし。ここで私の裸を見るのなんてスケさんぐら……」

「いやー！　あっしは見ませんからね！　風呂は沸かしますけど、見ませんからね！　見てませんからぁ！」

抱えた桶《おけ》の湯を波立たせながら、スケさんがレナードの背後で右往左往している。

心なしか、顔色――もとい、骨色が悪い。

「うるさい。黙れ骨。……治療道具をそこに置いて外へ出ろ」

低く重みのある声でレナードが唸ると、スケさんは飛び上がらんばかりの勢いで、薬草や乾いたタオルをテーブルに置く。

「はいはい、それはもう！　鶏も卵を産んでる頃合いですから、探して集めていましょうかね。それでは！　お二人ともごゆっくり、しっぽりと！」

扉の隙間から手を出し、慌ただしく二三度振ると、すごい音を立てて裏庭へと駆けていった。

乾いた音をたてて木戸が閉まると同時に、小屋の中がまた静かになる。

――ごゆっくりとか、しっぽりとか、なんのことだ。

立ち上がり、清潔な布を取ろうとするがすぐレナードに留められる。

「いい、座っていろ。俺がやるから」

「でも」

「傷は背中だ。見えなくていい加減な手当になって膿《う》んだり、破傷風《はしょうふう》になると辛《つら》いぞ。……医療は聖職者の領域だ。おとなしく怪我を見せてくれ」

どこか疲れ、落ち込んだ風な物言いを受け、ためらいつつ背を見せると、レナードがはっと息を呑む。

気まずい沈黙の中、布を水に浸して絞る音や薬の瓶《びん》を取る音が背後で響く。

肩越しに視線を向けると、レナードがためらいがちにゼラの背へ指を伸ばしていた。

「ッ……」

素肌に男の指が触れた途端、思わぬ熱に肩が跳ねる。

指は、肌の滑らかさを試すように肩甲骨《けんこうこつ》をなぞり、それから、背骨の節を数えるながら、ゆっくりと、思わせぶりな動きで腰まで下りていく。

別に大したことじゃない。こんな治療は何度も受けた。なのになんだか鼓動が急いてくる。

（そういえば、私、レナードから治癒されたことって、なかった気がする）

魔王討伐に出た四人の中で、治癒魔法は聖女であるリリーサに任されていた。

レナードも使えるが、攻撃の主力が彼だったこと、ゼラやリリーサが女であり誤解を生みたくないからと、控えていた。

だから、こんな風に触れられるのは初めてで、心も体も落ち着かない。

「り、リリーサとは、ずいぶんやり方が違うんだね。……聖女は特別なのかな」

指がたどった部分が、じくじくと熱を持ち出すことに耐えかね、気を逸《そ》らすためにどうでもいいことを聞くと、レナードは上《うわ》の空でいやと呟いた。

「傷を確認していただけだ。……こんなに繊細で綺麗な肌だとは思わなくて」

つうっ、と背骨をひと撫でされ、走るざわめきにゼラが身を逸らす。

「ッあ……。ごめん、くすぐったい」

「悪い。本格的に手当を開始するから、じっとしていてくれ」

返事をしたいが、変な声が出そうでゼラは黙ってうなずく。

濡《ぬ》れた布で肌が清められ、レナードが薬草を漬けた精油の瓶を取る。

材料となっているアルニカやカモマイルの花の香りが漂い、次いで、ぬるりとした精油の感触が肌を滑る。

石けんや汗とは違う、粘りけを帯びた滴《しずく》が傷の上から下へと走るにつれ、じんわりとした暖かさが傷の痛みを和らげだす。

なんだろう、体がうずうずする。

その上、レナードに背中を見られていることが恥ずかしくてたまらない。

ともすれば火照《ほて》り、震えそうになる体を無理に理性で抑えつつ思う。これは相手の手つきが慎重過ぎるからだ。好きな人から与えられるぬくもりに心が揺らいでいる訳ではない。

手当をされているのに、まるで恋人に触れられてるような反応をするなんてはしたないことは、絶対にしちゃだめだ。

自分に言い聞かせるも、薄荷《はっか》の練り薬を塗った布が背に押し当てられた途端、決意は崩れる。

「ん……ひぁ」

ひやっとした冷たさに声を上げると、突然、レナードがうろたえ手を離す。

「…………変な声を出すな」

「ご、ごめんなさい」

自分の声が変に媚《こ》びた音色だったことに驚きつつ、照れ隠しに言い返せば、レナードが、変に熱っぽい溜息《ためいき》を落とす。

「いや、その。……ゼラが悪い訳ではなく。ともかく動かないでくれ。頼むから」

困り果てた口ぶりを受け、ゼラが黙って身を固くすると、慣れた手つきで包帯が巻かれていった。

「これでいい。……さあ、横になれ」

振り向くと、すぐ近くにレナードの顔がありゼラは息を止める。

心配げによせられた眉、金糸で作られたようなまつげが彩《いろどり》を添える青い瞳、引き締まった唇。

完璧なまでに整った美貌を鼻先に認め、虚を突かれていると、どこか切なさを含んだ声で名を呼ばれた。

「ゼラ……」

呟きで生じた吐息が柔らかく唇をかすめる。

心臓がドキリと跳ねて息が詰まる。驚いて目をみはると、レナードが顔を傾けつつ身を寄せてきた。

――キスされる？

まさかそんな、今までずっと避けてきたのに、どうして突然こんな風に優しくしたり、触れてこようとするのか。

わからず息を止めているうちにレナードはそっとゼラと額を合わせる。

どくん、どくんと心臓が跳ね回り、頬の熱が急上昇する。

熱はそんなにひどくないよと伝えたいのに、唇が震えて動かない。

代わりに、泣きたいほどの恥ずかしさがこみ上げ、勝手に目が潤《うる》みだす。

いたたまれなさにまぶたを閉ざすと、額にあった男のぬくもりが離れ、柔らかいものが静かに触れた。

それがレナードの唇だと気づき目を見開けば、どこか照れくさそうな顔で彼が自分を見つめている。

「あっ、あの……、今のは」

恋人のように優しくされ、そのことに戸惑い、気持ちを浮つかせながら問うと、彼もまた、少しだけ目元

を朱に染めて淡く微笑む。

「おまじないみたいなものだ。……本当は、もっとちゃんとしてやりたいが、そんな場合でもないしな」

もっとちゃんと、とはキスなのか、手当なのか。

（いや、うん、多分手当のほうだから！　おまじないって言ってたから、聖魔法的な、祝福とか、そういうのの）

ふわふわと思考がまとまらなくなってい中で、ゼラは自分に必死に言い聞かす。

勘違いしては大変だ。彼には――国元に妻か婚約者がいるという話だし。

はーっと息をこぼし、胸に手をあてているとレナードがそっとゼラの背を支え、薬湯《やくとう》の入った木の椀《わん》を渡してきた。

「これを飲んで寝ろ。……なにかあれば、あの骨に聞けばいいんだろう」

ゼラが苦さに顔をしかめつつ飲むのをみながら、レナードは背後にある窓をちょいと指さす。

すると、開け放された窓の端から気遣わしげにこちらを除く、スケさんの骨頭が見え隠れしていた。

「熱が落ち着いたら話をしよう。今は眠れ。……側にいてやるから」

側にいてやる。

その一言が、耳に届いた瞬間、安堵がじわっと胸に広がりだす。

「……ありがとう。ごめんね、迷惑かけちゃって」

せっかく会えたのに手をやかせてばかりだと反省していると、レナードは困ったような苦笑を見せつけ、
横たわるゼラに毛布を掛けた。

◇◆◇

（眠ったか……）

消炎鎮静効果のある薬湯を飲んだゼラは、もう静かな寝息を漏らしだしていた。

胸を押し潰しかけていた不安を溜息にして、レナードは仕方ないやつだと苦笑しつつこぼす。

「相変わらず、無茶《むちゃ》をする」

頬に掛かる黒髪をそっと指で払ってやりながら、本当に、肝を冷やしたんだぞとぼやく。

やっと見つけた想い人が、目の前で魔物に襲われていたのだ。これ以上に心臓に悪いことはない。

「しかも、子どもを庇《かば》ってか……。本当に、変わらず自分は二の次なんだな」

呆れてはいるが面倒だとか嫌だとかはない。ゼラをこれ以上混乱させるのが忍びなくて、必死に押さえていたが、内面では安堵と歓《よろこ》びが大きすぎてどうにかなりそうだった。

指先から伝わる熱はまだ高いが、薬湯が効きだしているので翌朝か、遅くても明日の夕方には起き上がれるようになるだろう。

（気は焦《あせ》るが、落ち着いて話をするのはそれからだな）

長い戦いが終わり、やっと惚れた女に触れられる幸せを噛《か》み締《し》めながら、レナードはゼラの額に指を沿わせ撫でる。

額に触れられたのがくすぐったかったのか、彼女は赤子がむずがるように顔を左右に揺すり、それから左手でそっとレナードの指を避けようとする。

無防備かつ愛らしい動きに口元を綻ばせつつ、つい悪戯心《いたずらごころ》が起きて彼女の指を掴む。

むうっ、とゼラの口が尖《とが》りかけるが、持ち上げた指先をレナードの唇に触れさせると、その感触がきにいったのだろう。途端に顔が微笑みに緩む。

——愛らしい。

幼子じみた無防備な仕草に心が浮き立つ。可愛い。愛おしい。もっと甘やかしたい。

溢《あふ》れる想いのまま指先への口づけを繰り返していると、掴む手に硬質的なものが当たりレナードは動きを止めた。

ふと視線をやると、ゼラの左手薬指に嵌《は》められた指輪が眼に留まる。

古びた銀を土台にした指輪で、中央には鈍い光彩を放つ白い石が飾られていた。

亡き母が父から贈られた指輪で遺品なのだと説明されたそれは、装飾も形も古く、一見して安物のようにも見える。

実際、彼女の指輪を見た聖女リリーサは薄ら笑いを浮かべ馬鹿にしていた。あの程度の指輪しか貰えないなんて、父親はどこの村人だろうかと。自分なら、絶対にダイヤモンドかサファイアでできた婚約指輪にしてもらうと。

神から奇跡と呼ばれる予言の力と、聖なる銀の白い輝きを身に備えた生まれながらの聖女にしては、ひどく俗物なものいいだ。

だがリリーサはわかっていない。

ゼラの指に嵌められた古い指輪、月長石《げっちょうせき》にしか見えない白い石——ゾイサイトを中心に、古代の神聖文字を刻まれた指輪が、レナードの聖剣と同じく、この世に二つとない聖遺物であることや、聖王国でも名門と言われる聖公爵家の当主が代々引き継ぎ守ってきたものであること。

なにより、その指輪が持ち主に生命力を与え、回復させる力が秘められていることを。

以前、リリーサから古ぼけた安物とからかわれ、ゼラにしては珍しく食って掛かり憤慨するのをなだめ、落ち着かせたときにレナードは疑念に思った。

不治《ふじ》の病に冒された者、あるいはその家族なら、喉から手が出るほど欲しがる奇跡の指輪が、どうして森で孤独に暮らしていたゼラの薬指にあるのか。

すべての力を使い果たしたゆえに、輝きを失い、宝石としての価値すらも示せなくなったゾイサイトは、理力が満ちていた時であれば赤紫から夜の藍色とめくるめく色を変える遊色《ゆうしょく》効果を示すものだ。

採掘量はダイヤモンドより極めて低く、この指輪に使われている大きさのものは三指で事足りる。

しかも、聖別された神の蒼銀《そうぎん》と呼ばれるミスリルを土台としているのだ。

たとえ力を使い果たしたのちに手に入れたとしても、魔女が持つのは違和感しかない。

魔王討伐の仲間に入れられたレナードの疑念が、また一つ増える。

一つ目は、聖女リリーサという存在だ。十二歳の時に大病を患《わずら》い、以後、奇跡の力に目覚めたと知られているが、それは本当にリリーサの力なのだろうかという疑念。

二つ目は、血が永遠の命もしくは莫大《ばくだい》な魔力をもたらすと誤解され、狩られた時代からこちら、世界に千々にちらばり、人間社会どころか一族の仲間からも隔絶し暮らしている古代の貴種、イグニスの民の行方をどうして聖王が知っていたのか。

これに、ゼラの指輪を加えて三つ。

直接的には魔王となんら関係がないが、どうにも気になって仕方がない。

まるで靴に入った小石のようだ。普段はうまく指の間に挟まっているが、なにかの拍子に転がると途端に存在を主張する。

だから、長い旅の間に思考を組み立て、推理し、討伐が終わると同時に聖王へと報告したのだが。

(いや、そういうことなら、謎は全部で四つだったな)

名残惜しさを押さえ、レナードはゼラの手を毛布の中へ戻してやりながら思う。

自分は、どうしてここまで、この娘を愛おしいと思うようになってしまったのか。

——始まりは褒められたものではなかったのに、と。


——魔王を封じることができるのはイグニスの魔女のみ。

聖王から命じられ、指定された場所へ向かっていたレナードたちだが、二日もあれば踏破できると豪語した勇者を嘲笑《あざわら》うように、一週間経《た》っても森の奥にあるという小屋へ辿り着《たどつ》けていなかった。

「磁場《じば》がおかしい」

いや、磁場だけでなく、風の吹く流れや大地から立ち上る魔力のゆらぎも、どこか気を乱す。

「ヴェアンや、リリーサは気がつかないのか」

背後を見ると、守護結界の上に張られた野営地で、毛布にくるまり寝息を立てる二人がいた。

その足下に酒瓶が転がっているのを見つけ、レナードは気分を滅入らせる。

(油断しすぎだろう。遊びじゃないとなんど言えばわかるのか)

喉まで出かかった説教を呑み込む。

仮に言ったとして、二人が気にもしないとわかっているからだ。

魔物がどこから出るか見てきたように当てるリリーサと、魔物にとって毒となる血と剣気を持つヴェアン。

そして聖騎士として治癒および守護の魔法に長《た》けたレナードが加わった討伐部隊は、四人という無謀さにも関わらず、面白いほど簡単に旅程を進めていた。

なにせ魔物に遭遇することがほとんどなく、遭遇したところで、相手を一刀に切り捨てることが可能なほど、彼我《ひが》に力の差があるからだ。

このまま地下迷宮に潜っても問題ないとリリーサは口にしていたが、聖王から、『魔王を封じるには、イグニスの魔女と呼ばれる存在が必要では？』と指摘され、しぶしぶに認めた
かくして、イグニス一族が隠れ住むという黒い森へ赴いているのだが。

ともかく、すべてがおかしかった。

奥へ進もうとすればするほど、ぐるりと回って入り口に戻る。何度も、何度も。

――他の侵入を拒む類いの、なんらかの魔法がかけられている。

感知はできるが、魔術師でないレナードには、どう解除すればいいかわからない。

わからずさまよい続けるうちに、感覚はどんどんおかしくなり、ついに眠れないほどになってしまった。

「聖王猊下からは、邪念なく、無心のままに進めばいいと言われたが……」

酔って寝ている二人を見て、息をつく。

聖女として未来視の力をもつが、性格は俗物で密かにヴェアンを籠絡し王子妃の地位を得ようとするリリーサと、年の離れた末子ということで母王妃やその侍女から甘やかされ、王子としては軽率なほど女にだらしないヴェアン。

無心という言葉がこれほど不似合いな二人は居ない。

(とくにリリーサに至っては、一行に自分以外の女が……魔女が加わることに反発している。もし、この魔法が魔女を守る役目を持っているのであれば敵意を感じて、閉ざされたままだろう)

あるいは、それを承知でリリーサはわざと敵意を抱いて、反発心を態度に表しているのだろうか。

リリーサがヴェアンを誘惑しようと必死なことについては、当の本人以外には知れた話だった。

聖女でなくなっても、一国の王太子妃――いずれ王妃となれば、権力と贅沢《ぜいたく》な暮らしを失わずに済むと打算した末の行動だろう。

魔王より色恋に重きを置くなど論外なのに。

レナードは寝ている二人をそのままに、野営を離れた。

自分であれば、――心から魔王討伐を願う者だけであるなら、魔女の小屋への道を見つけられるかもしれない。そう考えてのことだ。

聖騎士のまとう軍服を肩に羽織り、散策するように森を歩く。

焚火《たきび》で明るい野営地から離れるにしたがって闇も、茂みも濃くなっていく。

だが不思議と恐ろしさや警戒心が湧かない。

魔女捜しに躍起になっていた時は、暗く鬱蒼《うっそう》としたものに見えていたのに、今は幻想的だと思えた。

(夜霧のせいか……)

銀を帯びた乳白色の霧が当たりに立ちこめ、樫《かし》の幹や野いちごの茂みをぼんやりさせる。

冷たく湿った空気が顔に触れるのが心地よい。

周囲は静かで、時折、つがいを求める小夜啼鳥《さよなきどり》の澄んださえずりや、梟《ふくろう》の低い鳴き声が耳に届き、森の交響曲となっていた。

枯葉か、霜《しも》か、ブーツの下でサクサクと音が鳴るのが小気味よくて、日頃、自分を振り回す二人の仲間への鬱憤《うっぷん》を晴らすようにして、レナードはさらに足を速め森の奥へ入り込む。

そうして一時間ほど経った頃、側から水が跳ねる音が聞こえた。

(水鳥……？)

いや、そんな筈はない。

月は頂点から大きく傾いており、夜行性でない鳥は眠っている時間だ。

だとすれば、なにが——。

魔物かと警戒に息を詰めつつ、足を忍ばせ茂みを抜ける。

すると唐突に視界が開け、星々の輝きを映す湖面が眼前に広がった。

——息を呑むほど美しい風景だった。

黒曜石《こくようせき》のように艶やかな湖面に映る、満天の星と天河の靄《もや》。

岸から立ち上る霧は薄くけぶり、極上の薄衣のように揺らぎつつ湖面へ漂う。

白亜の大理石や色硝子でできた薔薇窓の教会、あるいは銀の彫像や神の叙事詩を描いた壮大な天井画など、あらゆる芸術がそこら中にある聖王国で産まれ育ったレナードではあるが、ここまで魂を揺さぶられる景色を見たことがない。

「このような、場所が……」

知らず声を漏らしたことに驚き、手を口に当てた時だった。

真っ黒だった湖面が揺らぎ、そこからぽかりと白い影が浮かび立つ。

——度肝を抜かれるとは、このようなことを言うのだとレナードは思い知る。

湖面に現れたのは、一人の若い娘だった。

年の頃は二十歳かそこらだろうか。

レナードが護衛する聖女よりいくつか年上だろうが、まだ若い。

女だと知覚した瞬間、レナードの本能は理性を裏切り、目の前にある裸体を凝視する。

闇色の湖面を背景に、女の後ろ姿が浮き立つ。

まろい線の肩にまっすぐな背筋。

湖面から水を掬《すく》い浴びる腕はしなやかで、天に差し伸べられる指の揃えた手が美しい。

黒髪は長く、絹糸のように艶《つや》めきながら女の濡れ肌に張り付いているが、それが妙に淫靡《いんび》で腰を疼かせる。

脇から除く乳房は決して豊満ではなかったが、若い果実らしく、つんと上を向いてみずみずしい。

うなじから尾てい骨に至る線がとくに素晴らしく、なめらかに隆起する脊椎《せきつい》の節をすべて唇で辿りたいと思わせられる。

どくんと心臓が跳ね、同時に恐ろしい勢いで股間に血潮が集いだす。

息を止め、顔を歪めても無駄で、目の前の女に手を伸ばし、触れ、味わいたいと欲が騒ぐ。

(なにを、野獣じみたことを)

生まれて初めて抱く異性への劣情に混乱し、レナードは唇を噛むが、その痛みさえ甘美な疼きとなって脳を冒し、理性をかすませる。

ああ、あと少し湖面が揺らげば、波打てば、尻の谷間から下が、あるいは波間でわずかに揺らぐ恥毛に秘されたものが見えるかもしれないのに。

――そんなことを渇望する己にうろたえ、頭を振った弾みに小枝に打たれ、頬に衝撃が走る。

「ッ……！」

痛みに息を呑む。同時に、裸を盗み見たという罪悪感から一歩下がるも遅かった。

異変に気づいた女がこちらを振り向く。

（イグニスの灼眼）

二人の間には距離があり、まともに見える訳もないのに、レナードは水浴びする乙女の瞳を脳で知る。

とろりとたぎる溶岩の紅に、はじける火花の黄金。

視線一つで嵐を起こす、魔力を秘めた希有《けう》な色。

――古代の貴種。世界を守る為に異世界から招かれた亜神《あじん》の系譜。イグニスの子たち。

かつてはその高貴な血が不老不死や絶大な魔力をもたらすと誤解され、王侯らによって狩られ、今は知るものも少なくなった瞳の色に、レナードは一瞬で心を奪われる。

衝動的に跪きたがる心に抗《あらが》いながら、背を向け逃げ出した。

あのまま湖の乙女に膝を屈せば、自分は役目を――聖王からの命を放棄し、聖騎士であることすら捨てるように思えたからだ。

野営地に戻り、あれは幻影だ。黒い樹海が見せた幻《まぼろし》だと言い聞かせながら横になるも一睡もできず。

そして――翌日、幻影ではなく、本物の女として彼女はレナードの前に立つことになる。

魔王を討伐する最後の仲間、灼眼の魔女ゼラとして。

「ん……」

かすかなうめき声でレナードは思考の淵《ふち》から現実に戻る。

見ると、ゼラが胎児のように丸くなり眠っている。

起きている時の目元がきついので、年上に見られがちだが、こうして無防備な表情をしている時は、二十歳という年相応の幼さと愛らしさが現れる。

こみ上げる感情のまま頭や肩を撫でていたわり、とびっきり優しくしてやりたい気持ちを抑え、レナードはゼラに毛布をかけ直してやる。

（あの時、俺はゼラを森の精霊か夜の女神かとさえ思った）

それほど神秘的で美しく、どんな女よりレナードの気を惹いた。

一目惚《ひとめぼ》れという言葉では表せない。まるで魂が共鳴し引き寄せられるような出会いが現実とは思えなくて。

夢か幻。そう思うことで己の劣情をなかったことにしようと腐心するレナードを嘲笑うように、すべてが動き出す。

翌朝、突然に霧が晴れ、野営地からさほど離れて居ないところに、古ぼけた小屋が見えた。

ちょうど、今いる森番のものと同じように丸太を組み合わせたものだ。

窓から見える小屋の中は、いたる所に薬となる草や花が吊して干され、森を歩き見つけたのだろう水晶や翡翠、瑪瑙《めのう》といった、魔法の触媒となる輝石が硝子瓶に詰められ、きちんと棚に並んでいた。

一目で魔女の小屋とわかるそこに居たのは、レナードが想像したような老婆ではなく、うら若い娘――ゼラだった。

水浴びをする姿を盗み見た罪悪感で、まともにゼラと眼を合わせられないレナードをおいて、勇者ヴェアンは、王子らしからぬ軽さと人なつっこさで語りかける。

最初は警戒し沈黙したまま、扉の陰からこちらを伺っていたゼラだが、ヴェアンが魔王討伐のために選ばれた勇者だと説明し、その証《あかし》である剣を見せてようやく口を開く。

二年、ずっと一人で暮らしていたからだろう。

彼女の語りは幼子のようにたどたどしく、レナードの庇護《ひご》欲を嫌というほど煽《あお》り、気をそそる。

終始おびえがちだった彼女を優しくいたわりたかったが、できなかった。

――彼女を見れば見るほど、昨晩眼にした裸体が脳裏をよぎり心を騒がせるからだ。

こんな自分がいたのかと驚くほど、触れたい、笑わせたいという衝動が強く沸き起こる。

今までは対して異性に興味もなかった分、どう対処すればそれらの衝動――雄《おす》としての劣情が治まるのかもわからない。

聖王国でも名門とされる聖職貴族の家に生まれ、最年少で聖騎士に選ばれる実力を持ち、叔父は聖王という――地位も血筋も力もあるゆえか、思春期になるかならないかのうちから女に言い寄られ、あるいは追い回され、ひどいときは寝室に忍ばれるなどした結果、レナードは軽い女性不信に陥っていた。

駄目押しに、護衛を押しつけられたリリーサの聖女とも言えない腹黒さと欲深さと、王子とは思えないヴェアンのだらしない下半身事情。

魔王討伐をそっちのけで、二人の後始末ばかりさせられていれば、恋愛はもちろん性愛に嫌悪感を覚えるのも当然というもの。

結果、初対面であるゼラに対して抱いた劣情も肯定的に受け止めることはできず、己のふがいなさが駄目なのだ、あるいは彼女に魔女としてのなんらかの誘因があるのだと警戒し、最初は冷淡なほど他人行儀な態度で接していた。

だがすぐにそうもいかなくなった。勇者であるヴェアン王子の妃になろうと画策するリリーサが、機会があるごとゼラが悪く言われるよう世論を誘導し、聖女である自分の引き立て役としだしたのだ。

人々に感謝される優しい女の役はすべてリリーサが取り上げ、つまらない使い走りや、魔物と渡り合う危険な仕事は、魔女だからという理不尽な理由でゼラに押しつける。

見かねて口を出したことは何度もあるが、その度に、ゼラ本人から止められた。

別にかまわない。旅が終わったら自分はまた森に引っ込むのだし肝心なのは魔王を倒す事なのだから――と。

あまりにも達観した物の見方がどこから来るのか。気になって尋ねれば、物心ついたときからそういう風に教えられたのだと口にした。

そもそもイグニス一族は、魔王と同じく異界から招かれた人々だった。

そのため、同じように異界に干渉する力を持つ。魔王が魔物を呼ぶように、イグニスの血を引くものは魔物が出てくる扉を閉ざし、鍵を掛けるような力を持っているのだと。

実際、現世とは違う死後の世界から魂を呼んだり、時空の狭間《はざま》から精霊やその力を呼ぶ召喚——古代魔法を使うのはイグニスの一族だけである。

だからゼラも物心ついた時から、家長である祖母や自分の母親から、いつかは魔王を封じることになるので心構えはしておけと言い聞かせられ育った。

ではなぜ、母が死んで一人になった時に森から出なかったのかと言えば簡単で、レナードが迷ったように、ゼラもまた、魔王を倒す者達が来るまで森から出られない魔法に囚《とら》われていたのだ。

——それに、母様が言っていたのよ。魔王を倒せばきっと父に会えると。

口にしながら、恥ずかしげに左手の薬指にある指輪を見せられ、レナードはゼラすら知らない彼女の正体に気付いてしまった。

ゼラの薬指にある指輪は、自分が幼い頃に憧れていた一人の聖騎士が指に嵌めていたものと全く同じものであり、不治の病に冒されたものの命すらこの世界に留める希少な聖遺物である。

それを手にしているということはつまり——。

(いや、気を急ぎすぎだ。いきなり教えられて受け入れられるものではないし、父親であるあの方からも、自分が会うまでは教えるなと約束させられているしな……)

今ここで、すべてを教え、彼女の本来あるべき場所へと連れて行きたいという欲を抑え、レナードは嘆息する。

ともあれ、魔王討伐はゼラにとって、不条理な旅であっただろう。

同じ女で、同じ仲間という立場でありながら、リリーサのみが常に清らかで美しく、人に傅《かしず》かれ、自分は傷つき、汚れ、人から避けられる。

普通の乙女であれば、泣いて、怒って、もういやだと憤慨して当然なのに、彼女は軽く受け流し、まあ、魔女だから、人々が偏見を持つのはしょうがないと道化の笑いを浮かべて見過ごしていた。

そう。見過ごした。

身を削りながらけなげに戦う姿を、恋情と劣情の混じり合う視線で見つめる聖騎士がいることを。

ゼラが使う古代魔法は、普通の魔術師たちが使うものより強力である代わりに、術者の血を必要とする。

つまり、どんなささやかな魔法であろうとも、指を針で突いたり、刃で切ったりして、血を流すのだ。

——太古の魔法とは、そういうものでしょう。

治りきれない傷の上から新たな傷をつけ、その血で炎を呼び、魔物を焼き払うゼラに対し、リリーサは薄ら笑いを浮かべて言った。これで楽に先へ進めると。

それが、レナードにとっての分岐点だった。

銀の髪、蒼みを帯びた銀の瞳。爪まで真珠の輝きを持つ銀。——神に祝福された聖銀の容姿をもつ乙女でも、中身がどす黒く欲ずくめの女を聖女と呼べるだろうか。

それより、はるかにゼラのほうが聖女と呼ぶにふさわしい。

(今日だって、自分の身が魔女と知れることになるのも厭《いと》わず、子どもを助けて)

その上、背に傷があることを隠し、自分より子どもの保護を先にとレナードに頼んだ。一番最初に手当てされ、いたわられて当然なのに。

長く孤独に暮らしていたゆえか、彼女は人におもねりすぎる。

誰かに必要とされれば、居ていいよと言われるのではないか、役にたてていれば、側に置いてもらえるのではないかと、悲しい臆病さで己を投げ打ち安売りする。

どれだけ、もういいと口にしようとしたか。

いいや、するつもりだった。

もういい。お前が傷つく必要はない。俺が一生、お前の側にいてやる。だから我慢せず、己を演じず、ただ自分の幸せだけを考えながら俺の腕の中にいろ。

聖女を護衛するよう命じられていたレナードだが、魔王討伐が終われば従う義理はない。

円卓の聖騎士であるレナードが従うべきは、君主である聖王であって、聖女ではないのだ。

あとは密命についてだが、調査はほぼ終わっている。

魔王を倒した暁にはゼラに対し気持ちを告げよう。その出自とともに。

後ろ髪を引かれる思いで魔力を使い果たし眠る彼女を残し、聖王国へと一時帰国した。

聖王に魔王を倒したことと、旅の間に抱いた三つの疑念を伝え確認する必要があったからだ。

だが戻れば、自分は任務から解き放たれる。同時にゼラを縛る使命も終わりを迎える。

そんな歓びもあり、魔王を倒した勢いで好きだと告げていたが、貧血で朦朧《もうろう》としていた彼女にどれほど伝わったのかわからないし、恋愛の告白としてあまりにも場当たりすぎた。

だから目覚めた彼女に跪いて、きちんと気持ちが伝わっているか確認し、そして求婚しようと考え――誰もいない、空っぽの寝台に出迎えられた。

人生で一番愕然《がくぜん》とした。

互いの最優先目的である魔王討伐をやっと成し遂げ、ただの男と女として向かい合うことができると、我慢せず触れることができると思った矢先のことである。

最初にゼラの裸を見たこと、それに劣情を抱いた自分を持て余したことから、レナードは進んで精神的に頼られるよう立ち回ってはいたが、肉体的には触れないよう礼儀正しく距離を置き、治癒魔法をかけることさえ控えていた。

満天の星の下で見た、白く美しい女の裸身はあまりにも美しすぎたし、触れたいという欲を抑えきる自信がなかったからだ。

自分と同じく、魔王討伐を第一と考えるゼラだ。色恋の気配を見せれば軽蔑されるかもしれないと危ぶみ、慎重かつ紳士的な態度を崩さないよう気を付けていた。

本当は、なんどもその艶めいた髪に指を通し、絡ませ、口づけ、まろやかな肩に唇を当てて愛を囁きたいと思ったし、野営で無防備な寝顔を眼にする度に、腕に抱いて眠らせたらどうだろうと腰が疼く始末だった。

魔王を倒すまでは、魔王の件を片付けるまではと我慢に我慢を重ねた結果、逃げられて、愕然とせずにいられる訳もない。

ひょっとしたら、彼女にとっての自分は頼れる相談役に過ぎず、好意を向けられたことに戸惑いや抵抗があったのだろうかと。そこに思い至った途端、居ても立ってもいられなくなった。

出席する筈だった祝宴もそっちのけで王宮を飛び出し、彼女の行方を捜し出す。

治癒と回復の魔法陣に絡めて、彼女の居場所がわかるような魔法を潜ませていたが、さすがイグニスの魔女と言うべきか。

レナードのかけた程度の聖魔法など、彼女の魔力によってかき消されほとんど辿れない糸となっていた。

だが諦めきれない。戸惑いがあるというなら、これから時間をかけて口説けばいいと己を鼓舞し、今にも切れそうな糸をたぐり続け、やっと見つけたと思えば魔物に襲われているという状況。

「本当に、俺は、どれだけゼラに肝を冷やされることか」

半分呆れ、半分面白く思いながら独りごちていると、背後で控えめな物音がした。

振り向くと、ゼラが死霊術により甦《よみがえ》らせた白骨死体のスケさんが、テーブルに出してあった菩提樹《ぼだいじゅ》の花を漬けた蜂蜜《はちみつ》や乾燥した生姜《しょうが》といった薬湯の材料を片付けていた。

「お嬢、どうしたんですか。……まさか、村人に襲われたとか」

「いや、出没した魔物と単独で戦おうとしていて、軽く負傷しただけだ」

心配げな仕草を見せる骨が不憫で、つい、普通の人間を相手にするように経緯を説明しだす。

相手は、その合間に「手持ち無沙汰ではなんですから」と、慣れた手つきでカミツレと薔薇の実を合わせた香草茶を煎れる。薬となる花を用いていることから、ゼラが自分が飲むために作ったものだろう。

思わぬ処で、好きな女の手料理（この場合はお茶だが）を口にすることになり、眼を和ませているとスケさんがテーブルの向かい側に座ってじっとレナードを見る。

「魔物、ですかい。……森の奥に、ちっこいのは残ってますが。人を襲うようなやからはここらにはもういない筈ですがねえ」

首をひねるスケさんにうなずいて見せる。

魔王が死んだ今、ここらどころか世界のあらゆる地域から、ほぼすべての魔物が消えた筈だ。

一部は残っているが、それは魔王以前の時代にこの世界に現れ、環境に順応した妖精や小型の魔獣《まじゅう》、あるいは竜《りゅう》や有翼の獅子《しし》、一角獣《いっかくじゅう》といった聖獣《せいじゅう》が、魔王の生み出す歪みに影響され凶暴化していただけなので、人と生活圏を交えることはない。

「旅の間に聞いたが、王都のほうではここよりゆゆしい事態になっているらしい」

日に日に、魔物の出没頻度が高まっている。しかも――――王宮を中心に。

「それについて、ゼラが魔女だからと言うたわけた輩《やから》も出てきているそうだ。誰に魔王を封じてもらったと思って居るのだか」

大方、噂の出所は聖女リリーサだろう。

銀の髪、銀の瞳、銀の爪と希少かつ聖性の高い外見をしていることと、人が求める清楚《せいそ》さを演じることによって周囲を扇動し、自分が気に入らない相手を排除しようとするのはいつものことだ。

説明してやると、スケさんは、はああ、と呆れたような、それでいて同情するような仕草で肩を落とす。

「ああ……、それで。ずいぶん誤解されてたみたいですからねえ」

「聞いたことがあるのか」

ゼラが自分以外のものを頼り、相談していたという事実に胸がちくりとささくれる。

するとスケさんは人差し指の先で頬骨を掻いて、少しだけ上を向く。

「まあ、骨一匹、魔女一人の暮らしですからねえ。手仕事の気晴らしにどうでもいいことを語りますわな」

「……俺は、どうでもいいことすら話してもらえなかったのか」

「はあ。……お嬢は魔女ちゅうても年頃の娘です。いい男にゃ遠慮して言えんでしょ。いじめられてるとか、悪く言われてるとか愚痴って、そういう女だと誤解されるのは嫌でしょうし」

その点、自分は骨だし、生きていればゼラの曾祖父《そうそふ》ぐらいの年齢だからと続け、スケさんは上手くレナードの悋気《りんき》から逃げ出してしまう。

自分はそんなことは思わないと誓えるが、王宮に流れていた噂はひどいもので、ゼラがレナードに相談するのをためらう気持ちもわかる。

「だから、逃げ出したのか」

魔王討伐の間は堪え切れたが、終わっても状況が変わらぬことに失望したのだろうか。

自分が戻るのを待てないほど、傷ついて。

なおさらにリリーサを許せなく思い、顔をしかめているとスケさんは衝撃的なことを口にする。

「いやあ。それもありますが、どうも失恋したらしいんですわ」

「……失恋した、だと？」

どういうことだ。

自分はゼラに好きだと告げた。

魔王を倒した直後に、何度も、何度も、息絶えそうなほど力を使い果たした彼女を失いたくなくて、伝えることでこの世界と自分に縛れるならばと、我慢していた分だけ強く、深く熟成した想いを告げた。唱えた転移魔法が働き王宮に着いて、彼女が気を失っていることに気付くまで。

（決して、振ってなどいない！）

内心で焦り、うろたえているレナードに気付きもせず、スケさんはお茶の椀を手で包みながら、老人らしく朴訥《ぼくとつ》とした様子でとどめを刺す。

「なんでも、相手に婚約者がいるっちゅーて。それで、悪く言われとる王宮にいても仕方がないし、もともと自分は一人だからと」

ずずっとお茶をすすられる。そのすすったものが、骨しかない身体のどこに消えるのか興味はあったが、聞いている場合ではない。

婚約者がいる相手で、ゼラが好意を持ちそうな距離にいる者など――ヴェアンしかいないではないか！

勇者に選ばれた王子だ。

王と王妃が年を取ってから生まれた末子の王子だからか、一回り上に王太子となる兄がおり、いずれは大公として臣下に下る――いわば、君主となる責任のない王子として、侍女たちからちやほやと育てられたからか、女とみればすぐ馴《な》れ馴《な》れしくして甘えようとする。

剣の技と、憎めない天真爛漫《てんしんらんまん》さは美徳だと認めるが、それでもなかなかの難あり物件ではないか。

ゼラが言い寄られて困っている様子だったので、ヴェアンに対し、王子だからといって誰でもお前を好きになると思うなと、釘《くぎ》を百本は刺した覚えがあるが、当の本人と言えば。

――嫌よ嫌よも好きのうちって、言うでしょう？　とにっこり笑って言いのける。

レナードがあまりにもうるさいからか、あるいはリリーサがその分相手してくれるからか、途中からゼラには構わなくなりだしていたが。

（まさか、嫌よ嫌よはヴェアンの気を惹く演技で、本心では好きだったのか！）

愕然とし、ついで目の前が暗くなる。レナードにとって、女性の嫌よ嫌よは、間違いなく嫌、という判断だが、それは違うのか。

寄りつく女は多かったが、まともに相手をしたことはない。だからレナードは、女の恋愛的な本音を完璧に理解できるとは言いがたい。

それに対し、ヴェアンは周囲を女に囲まれ育ち、浮名だって山のように流してきた男である。

（ゼラは、俺に気があると、誠実な男が好きなのだと思っていたが、違ったのだろうか）

そう言えば、今日、魔物から助けた時も気まずそうにしていた。

好きとレナードが告げた時、ゼラも幸せそうに微笑んでいたので脈はあると思っていた。

水くさい。どうして逃げた。自分に話せないほど辛いことがあったのかと思い、必死に捜していたが。

そもそもの前提が違う——十全《じゅうぜん》ではないにしろ、好きという気持ちを受け入れてもらったと思っていたのが、レナードの一方的な勘違いであったなら、話はまったく異なってくる。

「だ、聖騎士の旦那？　どうしたんですかい。骨色……じゃなかった、顔色が急に悪くなってますぜ」

うつむき、黙り込んだレナードに気付いたスケさんが、おびえた声音で問いかける。が、気を遣ってやる余裕など、もはや、ない。

「相手は……。相手は一体誰なんだ」

「えっ、いやぁ。そこまでは……。王宮で相手の婚約を知ったってのぐらいしか」

——ヴェアンだ。

王宮で流れていた噂は、ゼラが悪女でリリーサをいじめていたという話はまるきりの嘘だが、ヴェアンに片恋をしてフラれたという話は本当だったのだ！

ぎりっと奥歯を鳴らし、レナードは思う。

失恋したのはしょうがない。ゼラの気持ちを無視して己の好意を押しつけたことを不甲斐《ふがい》なく思う。

だが、諦める気はない。ゼラに好きと言わせるよう努力しなければと覚悟する。

これまでは魔王討伐が最優先事項としてあったが、もう違う。

（ずっと抑えてきた想いのすべてを捧《ささ》げ、ゼラを口説き倒し、この恋を結実させる！）

騎士らしい生真面目さと、無駄に頑強かつ誠実な精神で決意するレナードを横で、スケさんが、〝やべえことになりそうだ〟という顔をしていた——。

◇◆◇

ひどく昔の夢を見ている気がする。母が亡くなった時の夢だ。

薬草や野の花を束にして小屋の梁《はり》から干している様子や、テーブルの上にある薬湯で渋《しぶ》がついた茶碗《ちゃわん》など、まるで今そこにあると思えるほど色と質量を伴っているのに、なぜかゼラは夢だと認識できていた。

寝台の上には、枕を積み上げたものに背を当てた姿で外を眺めている母の姿。自分は、その脇にある腰掛けに座り同じく方へ顔を向けていたが、見ていたのは窓の外に広がる森ではなく母の横顔だった。

目元がきつい祖母や自分と違って、いつも穏やかで茫洋《ぼうよう》とした眼差しが美しい人だった。

生まれつき身体が弱く、治ることのない病を患っていたからか、たたずまいは常にはかなげで――でも、芯の強い、はっきりとした物言いをする人でもあった。

――あの子の左手の薬指にある指輪が白く濁りきったら、覚悟しておき。

先に旅立った祖母の言葉をここ一ヶ月半、ずっと意識していたもののその日がいつ来るのか、一人になるというのがどういうことなのか、十六歳のゼラにはまだよくわかっていなかった。

(もう、息をすることも辛い筈なのに、母が起き上がり、外を見ている理由はわかるのに)

幼い頃のゼラと、今のゼラが同じことを思う。

母は待っているのだ。父を――自分を迎えにくるという言葉を残し、けれどいつまでも帰ってくることのない修道士の男を。

相変わらず恨むでもなく、つい昨日出て行って、夕方には戻ってくるだろうみたいな気楽さで、今際《いまわ》の際《きわ》なのに待っている。

だけどやっぱり森はいつもの通り静かで、陽が陰るころにはもう身体が持たなくなって母は横たわる。

そして、灯《とも》したばかりの蠟燭《ろうそく》から漂った蜜蠟《みつろう》の甘い香りに、幸せそうに微笑んでから父から貰った指輪を外す。

濁りきった安物の月長石としか見えない指輪を摘まんで、ゼラの左手の薬指へと嵌めて母が言う。

――ゼラ、私は彼と行けなかった。魔王の力を封じるイグニスの魔女なのに。

だからゼラ、もし、彼が来たなら私の代わりに魔王を封じてあげて。

彼がゼラを見つけられるようにと伝えながら、時がくるまで指輪が外れないようにと呪いをかけ、母は息絶えた。

それから二年とすこし。誰とも話すこともない、たった一人の暮らしの中で考えた。

魔王を封じるために母を探していた父はなにものだろうか。祖母が不機嫌顔で旅の修道士だと言うたびに、母はしょうがないと言う風な微苦笑を浮かべていた。

――父は、魔王を倒す使命をもったなにがしかの者。つまり勇者ではないだろうか。

思い立ち、探そうと考えたものの、森には祖母が呪いをかけていた。

旅の男に娘を傷物にされたと怒り、決して誰も足を踏み入れることができないように、イグニスの魔女を愛す定めにあるものだけに道が開くよう呪いをかけた。そして、中にいる者もまた呪いに縛られ外に出られない。

だから勇者が来た時は本当に、本当にびっくりした。

魔王を封じるという話を聞きながら、遺言通りだと驚いた。

勇者であるヴェアン王子は、ゼラの父親となるには若すぎるどころか、年下ですらあったが、彼の父か兄か伯父か。そこにゼラの父親が繋がるのかもしれない。

あるいは、いるかどうかわからないが、先代の勇者とか師匠とか。

考えつつ仲間となり旅をして——魔王を倒し終える頃、ゼラの心を占めるのは父の行方ではなく、レナードという名前の聖騎士となっていた。


魔王を一刀に切り伏せる、聖剣の輝きが消えた途端、ゼラの夢は闇へと溶けていく。

（そろそろ、目覚めるのかもしれない）

安静作用のある薬湯を飲んだせいで、ぼんやりする頭でゼラはそう思う。

ここがどこで、自分がどうなっているのかもあまりよくわからない。

ただ、頭痛にうなされると繋がれる手や、茹《ゆ》だるように熱い額を拭う濡れた布の心地よさ、夢うつつのままに口元に運ばれるお粥や、林檎のすりおろしたものの美味しさなどは、変にはっきりと覚えている。

（あの手は、一体、誰だったんだろう）

まるで子どものように甘やかされていた気がする。暖かい寝床、温かい食事。病は辛いけれど、それさえも我慢できてしまうほど、優しく世話をされ、愛しげな仕草で撫でられた。

（白い腕……だ）

夢の一部を断片的に思い出し、すぐに否定する。

違う。白い服を着た男の手だ。

長い指に骨張った節、すこし掌が硬いのは剣で戦い慣れた者の証。

この手は自分を傷つけない。安心してすべてを任せられる。願いを叶《かな》えてくれる。

夢の中だけでなく、現実でも。

だけど子守歌をねだった時だけ、うろたえた様子で手が迷い、枕元にあった桶の水を少しこぼしていた。

——それが、なんだかおかしくて、なんでもないのに幸せで。

気がついたら、夢も忘れてゼラは眠っており、唐突すぎるくしゃみの発作《ほっさ》で眼を覚ます。

「ふ、しゃッ！」

むずがゆさが鼻先だけでなく、頬や耳元にまである。

一体どうしてかと手探りで髪をかき回すと、古い藁が三本ほど指に絡まった。

ああ、屋根から落ちてきたのかと、開いた目の前で藁をくるくる回せば、庭先から板を落とす大きな音が響いてゼラは飛び起きる。

側にあった肩掛けを羽織り、裸足《はだし》のまま小屋の扉を開け放つ。

暗い室内から一歩外に出た途端、真昼の日差しに眼が眩んだ。

「なに……？」

しきりに瞬《まばた》きしつつ庭へ首を巡らせるも、別段おかしいところはない。

山羊の囲いも壊れていないし、鶏小屋の扉が開いているのも昼間ならいつもの事だ。

スケさんがはしごでも倒したのかなと考えていると、小屋の影から本人が現れた。

「おや、お嬢。起こしちまいましたか。……身体は大丈夫で？」

いつもながらの調子に気を抜かれつつ、うなずく。

「うん。大丈夫。痛みも熱もない。……けど、なんの音？」

聞いた途端、今度は乾いたものの束を落とす音が裏庭から響く。

「すみません。屋根の葺《ふ》き替《か》えをしてたら、藁を運搬《うんぱん》する板を落としちまって」

そういえば市に出る前にそんな話をしていた。

屋根を覆う藁が腐ったり潰れたりしたせいで弱り、小屋のあちこちで雨漏りするようになっていたのだ。

今は秋なので長雨にさえ気をつければいいが、冬に雪が積もれば屋根が崩落しかねない。

「屋根の葺き替えをしていたの⁉　二人でも大変なのに……」

「へえ。でも、今やりやせんと。収穫の時期が過ぎたら藁を手に入れるのも困難ですし、私はこの通り骨なので平気ですが、真冬に凍えるのはお二人とも嫌でしょう」

「お二人……？」

そういえば、レナードが家に来ていた筈だが、今は影も形も見当たらない。

病気の治療と怪我の手当だけして、領主の館へ戻ったのかしらと考えていれば、ゼラの頭上に影が差す。

「ゼラ……！　なんて格好で外に出ている！」

高みからの説教に眼を丸くしていると、一拍おいて屋根からひらりと男が飛び降りてきた。レナードだ。

ずいぶん高さがあるのに、まったく身体に障った様子がない。

そういえば、レナードは聖騎士の中でも群を抜いて剣技に優れていると有名だった。

敏捷《びんしょう》さや体術の見事さは、素人のゼラでも見とれるほど綺麗で無駄がない。

着地の反動で膝を土に付け、すぐにぐんと身体を伸ばすレナードを見て居ると、相手は迷いなくゼラに近づいてきた。

（うっわ……）

真正面に立たれた途端、ゼラはつい顔を横に逸らす。

今日のレナードは、白と金で飾られた壮麗な聖騎士軍服とは違い、乗馬用の黒いズボンにシャツという運動しやすい格好をしていた。

しかも屋根葺《ふ》きという重労働をして暑いのか、胸元のボタンを上から四つほど開いており、汗を吸ってくたりと緩んだ襟元から、若く健康的な男の肌が覗いている。

（なんというか、すごく、眼のやり場に困る……）

直線的な筋が美しい喉から鎖骨。そこから、あるかなしかの曲線を描きながら盛り上がる胸板は、軍服を着ている時には思い寄らぬほどたくましく、胸からへそまで至る中央線がしっかりと眼に焼き付く。

あわてて目を逸らすも、今度は、剣を扱うものらしく鍛えられた腕に視線が取られる。

唐突に、あの腕が馬上で支えてくれたのだとか、抱き運んでくれたのだとか、妙な記憶が甦り、ゼラの心臓が早鐘を打ちだす。

（手当の時は、意外なほど繊細に肌に触れてくれて……って、どうでもいいでしょ、それ！）

湧いては消える妄想に、ゼラは頭をかきむしりたくなっていた。

旅の間はずっと聖騎士軍服を着ており、きちんとした格好のレナードしか見て居なかったからか、不意打ちで砕けた姿を見せられ心が混乱をきたしている。

聖騎士、敬愛できる人という印象から、頼れる男という風に流され駆けようとする意識をふんづかみ、ゼラは照れ隠しに頬を膨らませた。

「なんて格好って、レナードだって、そう変わらないよ？」

人に格好云々言った割に、自分もシャツとズボンだけの普段着だと指摘し、深呼吸を挟んでゼラは言う。

「自分の家で、改まった格好をするのも変でしょう。王宮の舞踏会に出る訳じゃないんだから」

「なにも礼装しろと言っている訳じゃない。……まったく。若い女が寝間着一枚で外をうろちょろするな。男に見られたらどうする」

呆れたような、それでいて拗《す》ねたような変な溜息を吐かれ、ゼラは肩をすくめる。

「どうするもこうするも、男なんて誰もいないから心配しなくても平気よ」

なにしろここは森の奥だ。

覗きに来るには村から遠すぎる。第一、この小屋に近づく勇気がある男がいるとは思えない。

森に住み着く若い女など、大概が、魔女か訳あり、あるいは病持ちと決まっているのだ。

それに、気休め程度ではあるが、ゼラに害をなそうとする者は小屋に辿り着けないよう、森に幻惑のまじないもかけている。

野生の牡鹿《おじか》や雄鶏《おんどり》以外に、雄が近づくことはないだろう。

（スケさんにいたっては、見るべき目がないわけだし）

なにせ白骨だ。目玉などとうに溶けてしまっている。

魂の波動を使い、周囲にあるものの形や温度は把握できるようだが、色は白と黒しか見えないし、骨だけの身体なので、男の象徴たるアレも性欲もない。

つまるところ他人――もとい、男の目を気にするなんて心配しすぎだと言外に指摘した途端、レナードがぐっと顎を引いて、ゼラをにらみつけた。

「なるほど。……男なんていない、か」

「な、なあに？」

礼儀正しく距離を置いていたレナードが、一歩、ゼラに近づいた。

先ほどより露骨に男の肉体と、放たれる熱を感じうろたえるが、相手の視線に威圧され足が動かない。

どうして不機嫌になったか聞こうと口を開くも、喉が引き攣れ渇いて言葉は出ず、かわりに唇がつたなく震えだす。

「思い出したんだが。ゼラは旅の間もそうだったな。……夜に一人で水浴びに出たりして、俺を心配させていた」

「心配って……それはごめん。でも、宿屋以外ではお風呂に入れないし。見つからなきゃいいかなって」

野宿では風呂などない。だが、戦っていれば血糊《ちのり》を浴びる。リリーサのように完全に後方に下がっていれば、まだましだっただろうが、魔法で攻撃するゼラは服や身体を汚しがちで、清潔さを保つには水源で身体を拭うか、見つけた湖で泳ぐぐらいしかない。

「一応、みんなの邪魔にならないよう、夜中に起きて行っていた……んだけど」

「ヴェアンに覗かれていたぞ」

「ええっ！」

叫ぶと同時にゼラは顔を青ざめさせる。なんてことだ。

（あの色ボケ王子。寝覚めが異様に悪いと思ってたけど、それって、私やリリーサの水浴びをずっと覗き見してたからってこと！）

結婚する気もないのに乙女の肌を覗くなど、下劣と言われてしかたのない行為だ。

まさか勇者かつ一国の王子が、仲間の裸を見ていたなんて。

声を失い固まれば、レナードが気まずげに咳払《せきばら》いをしてみせる。

「まあ、着替えている物音で俺も気付いて、水源の方に行かないよう足止めはしていたが。……ともかく、覗こうとしていた」

「ご、ごめん。気付いてなかったというか」

ちらりと相手を盗み見ながら、ゼラは赤面する。

（っていうか、ひょっとして、レナードにも少し見られたってことかな）

いや、清廉潔白を旨とし、他人以上に己に厳しいレナードが覗きを働く訳がない。だから不埒《ふらち》な考えを持っているとか、それが腹立たしいとかは思わない。

ただ、気軽に裸を見せるようなはしたない娘と呆れられていたのだという考えが、ゼラの肩身を狭くする。

「……いや、でも、別に私の裸とか見ても面白くないから、うん、やっぱり心配しすぎというか」

そんなことを考えているうちに、レナードはどんどん距離を詰めてくる。

迫り来る男の肉体と、そこから放たれる熱に当惑しつつ、ゼラは無意識にかかとを引いて後ろへ逃げる。

——こんな男だっただろうか。

頭の奥で、もう一人の自分が焦りと困惑をない交ぜにしながら記憶を掘り返す。

レナードと言えば常に礼儀正しく冷淡な聖騎士で、潔癖症なのではと思うほどゼラと距離を置いていた。

なのにどうだろう。今はまるで別人のように遠慮なく迫ってくる。

（な、なんで私、焦っちゃってるんだろう。だって、肌なんてリリーサはしょっちゅう見ていたし）

たまにヴェアンが覗きに来て、その時ばかりはリリーサとゼラが共闘しこっぴどく締め上げたりもしていたが、そこにレナードが加わったことはない。

ついでに言えば仲間として、一緒に野宿したり、宿屋の同じ部屋で雑魚寝《ざこね》したりもある。

一線を越えるような恥ずべき行為をしたいなら、とっくの昔に起こっている。

なのにどうして、こんなに気持ちが落ち着かず、心臓が勝手に跳ね回るのだ。

わからず、眼を大きくしたままじりじりと下がり続ける。

このまま小屋の中に逃げ込もうと考えたが、運悪く扉は閉まっていた。

ゼラの背中が小屋の扉にぶつかるのと、レナードが一気に距離を詰めてきたのは同時だった。

空気の流れが風となって顔を撫でた。その感触に息を詰めた途端、視界の両脇を男の腕が走り抜ける。

丸木戸に手を叩き付ける、だんっという音が耳に響き反射的に目を閉じたが、それがいけなかった。

視線で探るより露骨に、身体が男の肉体を意識しだす。

自分を閉じ込める両腕の近さや、眼前に迫る胸元から放たれる熱。額に吹き掛かる力強い吐息。

なにより、近すぎるが故に伝わる相手の匂いに、鼓動が加速させられる。

樹脂から採れる乳香の甘く重い香りに、糸杉のつんとした静謐な匂い、それに勝利の冠を形作る月桂樹と純潔の白百合の華やかな芳香が混じる。

どれも教会で行われる聖なる儀式でよく使われるもので、聖騎士が纏うことに違和感はなく、今までだって、すれ違う時に嗅いだ香りだが、これだけ近いともっと別なものが混じっていることまでわかってしまう。

(レナード自身の香りだ)

汗あるいは肌といった、人間が本来持つ体臭がわずかに見え隠れする。

他の騎士の上位に立ち、王とも対等にやりとりすることが許される聖なる騎士だ。レナードだって普段から身だしなみに気を遣っているが、それでも、これだけ近ければ嗅ぎ取れる。

人がもつ生理的な匂いは、まるで電流のような刺激とともに脳へ刻まれ、ゼラに未知の感覚を刻み込む。

例えば太陽。力強い灼熱《しゃくねつ》の輝きと焼き尽くす強さ。揺るがない大地の頼もしさ、野を駆ける荒々しい牡鹿。

そういった本能的かつ自然なものと同時に、なにもかもを包み込み奪い、むさぼる、狼や嵐に似た印象と畏怖が頭をよぎる。

——自分とは違う。

同じ生き物なのに自分とは違う。けれど、いつかどこかで〝繋がる〟もの。

恐ろしいけれど魅入られる。逃れたいけれど、支配されつくし同一となりたいとも思う。

そしてこの手に捕らえ抱きしめて、心休めるよすがとなりたい。

生まれた初めて抱く混沌《こんとん》とした感情に衝撃を受け、声すら出せず立ち尽くしていると、レナードがゆっくりと壁についた腕の肘を曲げだした。

一秒ごとに〝男〟の身体が近づいてくる。

熱が肌を灼《や》いて滲んで、ゼラの中にあるなにかを——多分、女を刺激する。

自然に呼吸が浅くなり、思わず顔を上げれば、開いた目の先にレナードの蒼眼を認めてしまう。

顔が近すぎるからだろう。

影が差し、いつもより濃く、藍色じみた変化を見せる蒼眼の底には、ぎらりと輝く欲望があり、それを認めたゼラの膝から力が抜ける。

途端、男の腕が素早く動き、ゼラの腰と背に回された。

息苦しいほど抱きしめられた瞬間、驚きのあまり心臓が止まる。

触れあう部分の体温が反射し、互いの熱をさらに高める。

重なる素肌が密接する心地よさと、浮いた汗で皮膚がしっとりとなじむ艶めかしさで、頭が真っ白になっていく。

悲鳴はもちろん、声を上げることもできず黙っていると、レナードはさらに力を入れてゼラを抱き寄せ、そのまま背中から腰までをゆったりと撫でつつ、肩口に顔を伏せて囁く。

「これでも、平気と言えるのか？　ゼラ」

嘲笑うのではなく、低く真剣な声色で囁かれた途端、びくんと肩が跳ねた。

言葉と吐息が耳朶《じだ》をかすめた瞬間、なんとも言えない疼きが首筋から腰に走り抜けたからだ。

（なに、今の）

身を震わせれば、もっとと反応をねだるように、男の手がより大胆にゼラの身体の線をなぞりだす。

掌を押し当てるようにして尻から腰を撫で上げ、脇や背骨は指先で弾き辿る。

それから肩を握り包んで、愛おしげに頬を合わせた後、思わせぶりな仕草で首元に唇を落とす。

「ンッ……！」

濡れた柔らかいものが触れたのと同時に、詰めていた息が鼻から抜ける。

身体が疼く。レナードが触れている部分が疼く。

自分ではないものが、自分の肉体や心を変化させていくことに怯《おび》えと興奮を感じ、悶《もだ》えるようにして身体をわななかせれば、ゼラの身体を撫で回していた男の手が止まる。

次の瞬間、レナードは身をぎゅっと小さくすくめていたゼラの腰を掴み、強引に己の腰へと押し当てた。

かかとが浮いて、不安定さに眼をみはった時。

硬く熱いもので下腹部が軽くえぐられ、息が止まる。

「あっ……ぁ、……あ、あの、あの、あのっ」

混乱しきる頭の中で、なにか適切な言葉を探ろうとするが、まるで上手くいかない。

生地が厚い乗馬ズボンを通してなおはっきりと悟れるほど、硬く兆した雄が、ゼラのへそと恥丘の間に押し当てられている。

自活する中で、山羊やら馬やらといったものの生殖を見て、それがなにか知っているゼラだが、体感するのは初めてで、もう、なにがなんだかわからない。

ただ、とてつもなく恥ずかしくて、いたたまれない。

相手が男だと知るということは、自分が女だと知ることと同義だと身体で理解する中、レナードが、やるせなげに嘆息し、ゼラの額に己の額を押し当てる。

「……わかったか。俺も男だということを」

目元を赤くしつつ、ふてくされた口ぶりで言われても困る。

壊れた人形のように、首を縦に何度もふり、理解した意を伝えるのがやっとだ。

「だったら、ちゃんと着替えてこい。……俺も頭を冷やしてくる。まったく」

はあっと、大きく息をつき、ゼラに背を向けてからレナードがぼやいた。

「……恋愛対象としてだけでなく、男としても見られてないなんて思わなかった」


いつもより時間をかけて丁寧に身繕《みづくろ》いをし、寝室から居間へとゼラが戻ると、そこには前掛けをして食事の皿を並べているスケさんと、なぜか髪を濡らし、憮然とした顔で席についているレナードがいた。

(うう、気まずい……)

相手を認めるや否や、服装を再確認する。

いつも通りの魔女の黒服の上から、羊毛を編んだ肩掛けを羽織りブローチで止めている。

別に寒くはない——というより暑いぐらいだが、あんな風にして男女を意識させられた後だ。

肌の露出が気になって落ち着けず、着古して毛玉だらけの肩掛けでもマシと考え羽織っているのだ。

それでも視線を合わせづらくて、うつむきがちにレナードの向かいに座れば、相手はちらっとゼラを見た後、面白くなさそうにゆで卵と野草のサラダを木のフォークでつついた。

テーブルの上を見ると、薄切りの雑穀《ざっこく》パンに硬くなったチーズと山羊の乳でできたスープ、それに、昨日の夜の残りとおぼしき兎《うさぎ》肉と茸《きのこ》の炒《いた》め煮《に》が少し添えられていた。

豪勢だ。この森でまかなえる肉類なんて老いた鶏がせいぜいだし、他に手に入る草以外の食べ物は、卵と山羊の乳ぐらいなのに。

スケさんが調達してきたのだろうかと首を傾げていると、当の本人がさらりと説明した。

ゼラが病気で寝ている間に、レナードが白樺《しらかば》の枝で作った即席の弓で、兎や野鳥を数羽仕留めてきて、余った分とチーズや干し果実を、市で他の食材などと交換してきたのだと。

そういえば冒険の最中も、どこからともなく食料を調達してきていたが、意外に生活力があるらしい。

聖騎士は普段、貴族同然の暮らしをしているので忘れがちだが、いざという時は、神の剣として魔物討伐や戦争にも赴く軍人だ。料理や野営の訓練もしてきたのだろう。

見渡せば、小屋の中の不具合もずいぶん減っている。

座ればがたついていた椅子は、脚を鉋《かんな》で削られ高さが揃えられているし、暖炉の割れた縁石《えんせき》も新しいものになっている。

屋根の藁葺きについては言うに及ばずで——ゼラが目覚めるまでの時間を使い、丁寧に、一つずつ直してくれたのだと知れた。

「あの、ありがとう……」

黙って食べるのも失礼な気がして素直に礼を言うと、食事を口にしていたレナードが顔を上げ、まぶしいものを見るような目でゼラを見ながら微笑む。

「時間があったからな。それに、ゼラの側から離れたくなかった」

「え？」

「ずいぶんうなされていた。……ここで一人で生きていくために、いろいろ呑み込んで我慢しすぎだ」

普段はおくびにもださないようにしている寂しさを見抜かれた気がして、ゼラは胸をつかれてしまう。

「無理しなくていい。俺を頼れ」

「うん……。怪我してたもんね。心配させちゃったね」

偶然とはいえ、魔物に襲われている時にレナードがいてくれて助かった。

そうでなければ、今頃どうなっていたことか。

寝込んでいた理由を思いだしつつ、サラダのゆで卵を口に運び気付く。

「そういえば、レナードはどうしてこんな辺境に？」

魔王討伐について聖王に報告するため帰国したのは聞いていたが、ゼラの住んでいる国境沿いの村にいた理由は聞いていない。

「……ゼラを捜していたからに決まっているだろう」

「えっ！　わっ……私を⁉」

予想もしない答えについ腰を浮かし、強《したた》かにテーブルにぶつけてしまう。

弾みでチーズの皿が落ちかけるも、脇に立っていたスケさんが上手く受け止める。

だがゼラは無作法を謝るどころではない。どうしてわざわざと聞こうとするゼラより早く、レナードが続けた。

「意識が戻らないゼラを置いたまま、どうしても聖王国に戻らなければならなくなった。そして戻ったら影も形もない。なにがあったか捜すのは当たり前だろう」

「…………それ、は」

「しかも王宮は、リリーサが流した、らちもない噂に毒されている。このまま、ゼラが消えれば言われっぱなしかと思うと腹立たしくてな。半年。ずっと、方々を捜し続けた」

申し訳ないという気持ちと、探してくれたという嬉しさがない交ぜとなって心を震わす。

（だめ、勘違いしちゃ。……レナードは責任感が強いから、治療が終わって元気なのを確認したかっただけかもしれないし。仲間が悪く言われることに義憤《ぎふん》を燃やしただけだろうし）

ゼラだからではなく、相手がヴェアンでも、リリーサでも同じく捜したに違いない。

そう考えていないと、本格的に誤解してしまう。彼はゼラのことを好きで追いかけてきてくれたのではないかと。

（もちろんそんなことは、ないのだけれど）

彼には聖王国に婚約者がいるのだ。噂であれば、今、ここで確かめることもできただろうが、話していた侍女たちは証拠となる手紙の一部を持って話をしていた。

万が一、侍女たちが手紙を読み違えていたとしても、レナードと自分では釣り合わない。

彼は聖王の片腕であるだけでなく、次代の聖王候補と見なされる円卓の聖騎士でもあるのだ。将来を考えるのであれば、一時期仲間であっただけの魔女より、きちんとした家柄の娘を選ぶべきだ。

（会わなければ、思い出にして忘れられたかもしれないのに。どうして再会しちゃうかなあ）

自分は運がいいのか悪いのか。失恋してまだ未練がある相手にこうして助けられ、でも、相変わらず共に歩む未来がないことを目の当たりにしてしまうとは。

——これは、もう、気持ちに区切りを付けろという、神の意図なのかもしれない。

内心の切なさを押し隠し、ゼラは空元気《から》の笑顔を浮かべる。

「だったら、大丈夫だよ。こうしてスケさんと上手くやってるし。体調もよくなったし」

レナードが心配するようなことはこれまでも、これからもないと言外に伝えると、相手は食事の手を止め真《ま》っ直《す》ぐにゼラを見た。

「そうかもしれんが。用件は別だ。……俺と一緒に王宮に来てもらいたい」

「え……どうして？」

魔王討伐が終わってから半年。今更祝宴もないだろう。だとすると。

「リリーサとヴェアンが結婚するから参加しろって、こと？」

嫌だなあと思う。

貴族としての礼儀作法などまったく知らない上、王宮では悪女のように言われている。なにより一番嫌なのは、リリーサが自分の承認欲求を満たす為、ゼラを引き立て役か道化のようにあしらうのが眼に見えていることだ。

拒絶が顔に出ていたのか、レナードは黙って首を振り、それから憮然とした口調で否定した。

「そんなものには出なくていい。実のところ王宮自体にはさほど用はない」

「だったら、一体なんのために」

「聖王猊下が、ゼラに会いたがっている」

眼を瞬かす。今度こそ本当に訳がわからない。

聖王といえば、聖教会の頂点に立つ指導者であり、教会の君主という二つ名を持つ人物だ。

王族でも、会える機会は限られており、戴冠式か大国の王族同士が結婚するという理由でもなければ、拝謁《はいえつ》を願うことさえ無礼にあたる。

確かに、ゼラは魔王討伐を成した一員ではあるが、人選として相応《ふさわ》しいと思えない。

「えっと……魔王討伐のお礼とかそういうの？　だったらヴェアンかリリーサが代理でよくない？」

提案するも、レナードは返す早さで否定した。

「いや、ゼラでなければ意味がない」

そうは言うが、理由を説明するのも惜しいという早口さで、王宮へ向かう理由だけを説明する。

「聖王国へ繋がる長距離転送用の魔法陣は、王宮にしかないからな。陸路を行くのも大変だろう？」

聖職者が使う聖魔法には、場所から場所へ転移するものがある。

だが地面に作った急ごしらえの魔法陣では、せいぜい地下迷宮から脱出するとか、隣の村に飛ぶとかぐらいしかできない。

しかし王宮に固定され、日々、宮廷魔導師たちが手入れする転移陣であれば、同じものが転移先にあるならば、国どころか海を越えた遠くの国まで移動することはできる。

だから、レナードが王宮へ行こうという提案には筋が通っているのだが。

――どうして聖王が王子であるヴェアンや聖女のリリーサを差し置き、平民かつ魔女でしかないゼラに会いたがるのか理由がわからない。

「そう悩まなくていい。悪い扱いを受けることはないと保証する」

「う……ん」

「滞在先は俺の実家になるが、父も母も歓迎している。気を遣うことはない」

両親を仲間に見せるのに照れがあるのか、どこかはにかみながらレナードが言うのに曖昧にうなずく。

深く考えすぎなのかもしれない。

(本音としては、聖王は魔王討伐の功労者である四人全員を呼びたいけど、私以外は多忙で都合がつかないだけとか?)

だが、それだけで半年も探させるだろうか。しかも、同じ功労者であるレナードに?

それこそ使者を立てれば済む話ではないか。

(それに、滞在先は実家というけど……。だったら、なおさら遠慮したいというか)

聖王国といえばレナードの母国だ。王宮と同じようにゼラが悪く言われる羽目になれば、同行し、かつ、滞在中の後見人となるだろう彼に迷惑がかかる。

そう思うと乗り気になれない。

（婚約者も、いい顔しないと思う）

たとえ仲間とはいえ、年頃の異性が夫となる男の実家に滞在するのは。

それにゼラだって気が重い。

短期間だとはおもうが、彼の家族と暮らしていれば彼の生活についてを耳にするだろう。

その時、婚約者についてなんらかの話を耳にしてしまうかもしれない。最悪、仲間として紹介されたり、食事に同席するとかも――。

（レナードの婚約者のことなんて、知りたくない）

知ればきっと嫉妬するし、なによりみじめな気持ちになってしまう。

容姿も家柄もすぐれ、魔王討伐という偉業を成し終えた男だ。婚約者だってそれに釣り合う美貌と家柄の持ち主で、誠実な彼が選ぶぐらいなのだから性格だってきっと素敵な女性だろう。

それに控え、自分にはなにもない。

イグニス一族の血を引いていることは価値があるだろうが、母や祖母と違い半分だけだ。

第一、魔王が消えて平和になった世の中で、魔物を封じる力にどれほどの価値があるというのだろうか。

獲物を刈り尽くせば猟犬《りょうけん》など必要ない。強い力をもつ者ほど檻《おり》に閉じ込めておきたいと思うのは人として当然の考えだ。だからゼラはなるだけ人と関わらず一人で生きようと考えていた。

ずっと、一人で。今まで通り。それで平気だと思っていた。

レナードに対する思いを自分の中の宝物として、一人で生きていけるのだと。

だけど婚約者となる女性を、実在する女性として見てしまえばきっと心穏やかでいられない。好きな人が違う女性と結婚し、幸せとなっていく中、自分は森で朽ち果てていくのだと考えた瞬間、胸の中に冷たい虚無の風が吹いた。

（いやだ。知りたくない。それぐらいなら、最初から会わない……いや、行かないほうがいい）

臆病な自分を情けなく思いながら、でも、いつまでも彼に返事をせず待たせるわけにもいかなくて、ゼラはきっぱりと告げる。

「やっぱり……無理。ごめん。せっかく探してくれたのにいい返事を聞かせられなくて」

聖王国へ行くといえば、レナードともう少しだけ一緒に居られるだろう。だけど、それで彼の名を汚すことになるのはゼラとして本意ではない。そして彼の妻に仲間として紹介される未来が怖い――。

願いを叶えられない申し訳なさと、これで本当に、レナードと一生のお別れになるのだというさみしさを抑えきれず、眼が潤む。

泣きそうなのを知られたくなくて、ゼラはわざと大げさな仕草で窓の外を見つつ、話題を変える。

「そうだ！　屋根もありがとう。雨漏りしていて困ってたんだ。私とスケさんだけじゃ修繕するのは難しいかなって」

明るい声と偽りの笑顔で自分を鼓舞しつつお礼を言うと、レナードが嬉しそうに口を綻ばす。

「気にするな。しばらく居候することになるんだ。家賃代わりだと思えばいい」

「………………え？」

あまりにも自然に、前から打ち合わせしていたように言い切られ、半分うなずきかけていたゼラは固まる。

――いつから、そんな話になっていた？

思考がついていかないゼラをよそに、レナードは声を弾ませ段取りを語る。

「小屋の補修や食料なんかについてはもう終わったから大丈夫だ。ゼラが風邪を引くのは見たくないし、冬に寒いのは俺も好きではない。未婚の男女で寝室を一緒にする訳にはいかないから、俺の荷物は納屋《なや》に運んでいる。必要なものはスケさんから聞いて調達したが、不足があれば遠慮なく伝えてくれ。すぐ……」

「ちょっとまって！　なんで？　なんでレナードが私とここで暮らすことになってるの！」

寝て、目覚めたら、片思いをしている相手と同棲する流れになっている。とんでもない状況を理解しようと、ゼラは根本的な処から突く。

「ゼラ、悪いがこれに関しては、聖王猊下も俺も諦める気がない」

「そんなに大げさな話なの？　だったら、もう少しちゃんと理由を知りたい。レナードを疑う訳じゃないけれど、なんだか、怖いよ」

正直に気持ちを伝えると、当然だろうなと返された。

「すまない。……おおよその事情は俺もわかっているが、猊下がどうしても自分で伝えたい、ゼラと話をしたいとおっしゃる以上、俺の口から勝手に伝えることは……」

所属する組織が国家ではなく教会であるというだけで、主従の関係に変化はない。どころか、神を頂点とし聖書を規律として成り立つ分、上下はさらに厳しいだろう。

そして聖騎士であることに誇りを持ち、他の規範たれと己を律するレナードが君主である聖王の命を裏切れる筈もない。

「うーん……」

「それに、おとといみたいに魔物が現れたらどうする。俺が連れて来いと命じられているのは生きているゼラで、死体じゃない。……言っておくが、本気で肝が冷えたんだぞ。お前になにかあったらと考えるだけで、今でも悪寒がするぐらいにはな」

喉が締まり、ぐぅっ——と、変な音が自分の口の奥から脳に響く。

おとといの無謀さを例に出されると、ゼラとしても反論できない。

「だから、俺を側に置け。……一緒にいれば護衛することもできるし、同時に、一緒に暮らして口説かせてもらおう。聖王の元へ行くことも。そして……俺個人としても」

腕を組んで考える。こうして理詰めで外堀を埋める手際も、こうと決めたら退かない頑固さも折り紙付きのレナードだ。ゼラがうなずくまでは
「ともかく。ゼラを一人にはできない。したくない。……だから、なにをどう言おうと、しばらく居候させてもらうから、そのつもりで」

理を説くことに優れるレナードらしくない乱暴さで会話を打ち切られ、ゼラは呆気《あっけ》にとられてしまう。

「そのつもりでって。……私、居候していいだなんて、一言もいってな」

反論するゼラに背を向けレナードは小屋の外に出る。

追いかけようと腰を浮かしたゼラの目の前で扉が閉まり、後には空になった食事の器と、お盆を抱えたまま、困り果てた様子で立ち尽くすスケさんだけだ。

「諦めたほうがいいんじゃないですかねえ。追い出したとしても、あの御仁、多分、小屋の前に座り込んで居座りそうですし……」

探るような目線（むしろ眼窩）を向けながら、スケさんが言うのに憮然としてしまう。鋭い。

レナードは一度言い出したら聞かない処があるのだ。

仮にゼラが魔法を使って追い出したとしても、きっと、無駄な粘り強さと根性で居座るに違いない。

（もっとも、今の私が魔法を使ったところで、レナードにかなうわけもないけれど）

魔王との戦いで力を使いすぎて、まだ半分も魔力が回復していない。装備だってろくにない。

それを考えるとレナードの心配ももっともで、一匹や二匹ならともかく、複数の魔物が現れれば、もう、ひとたまりもなく殺されてしまう。

ゼラ一人なら安全な地域へ逃げることもできるだろうが、スケさんを置いてはいけない。

なにせ半年もの間、ゼラの生活を助け、寂しい夜には冗談で慰めてくれた——家族同然の骨なのだから。

「……あんまり深く考えずに、好きにやらせるしかないかなあ」

命令だから意固地になっているが、レナードは聖王の片腕とされる円卓の聖騎士だ。いつまでもゼラの件だけに関わっているわけにもいかないだろう。

一週間か十日もすれば、諦めるか、あるいは代理のものに説得を任せて本国へ帰るとも考えられる。

それに、口では理性的に判断し拒否していたが、内心では彼と一緒に居られることが嬉しかった。

一生に一度しかないだろう、恋した男との二人きりの時間なのだ。

(神様がくれた、ささやかなご褒美なのかもしれないな)

だったら、少しだけ自分を甘やかすのもいいのではないかと、ゼラは考え出していた。

第四章

秋の大市《おおいち》が終わって一ヶ月も経つと、朝晩の冷え込みがだんだんきつくなる。

夜明けとともに庭に出たゼラは、井戸から水を汲む手を止めて濡れた指先に息を吹きかける。

呼気が白い。この分だと来週あたりから雪がちらつきそうだ。

（レナード、大丈夫かな……）

庭の端にある小さな納屋を横目で盗み見ながら思う。レナードが寝泊まりしている場所だ。

ゼラが住処《すみか》にした森番の小屋は、前庭を囲むようにして母屋と山羊の厩舎《きゅうしゃ》、そして農機具に予備の食料などを片付けておく納屋がある。

母屋には暖炉や風呂といった、冬を快適に過ごすための暖房設備があるが、当然ながら納屋にはそんなものはない。

しかも納屋は古い板作りで、釘がさびているせいで板がずれ、あちこちに隙間がある。風が強い夜ともなれば納屋全体がみしみしときしんで、かなりうるさくなる。

正直、人間が寝泊まりするような場所ではない。一日や二日なら大丈夫だが、一ヶ月もそこに寝泊まりされているのでは、やはり心配になってしまう。

「屋根がある分、野宿よりはましって言っていたけど。雪が降りだすと絶対に寒いよね……」

一向に諦める気配がないレナードが心配になり、納屋じゃなくて母屋に寝泊まりすればと毎日のように誘っているが、その度に、怒ったような、困ったような変な顔をされ、丁寧にお断りされた。

――結婚前の男女が屋根を同じくするものではない。と。

婚約者への義理や貞節があるのだとわかるから、ゼラも強くは勧められなくなってしまい――。

「参ったなあ」

こんなに長々とレナードが居候するなど考えてもいなかったのだ。

国に戻れば、聖王に次ぐ高位聖職者。小国の王族などよりよっぽど高貴な身分である。

そんなレナードに、辺境の森での隠居暮らしなど耐えられる筈もない。

というゼラの予想は、ものの見事に覆《くつがえ》された。

(魔王討伐の旅で野宿もあったから、多少は耐えられるかもなあ。ぐらいには思ってたけれど)

多少どころではなく、完璧に、レナードは森での暮らしに適応していた。

鶏の世話から家屋の修繕、畑の手入れに保存食作り、森に生えるきのこや薬草にもめっぽう詳しく、食用となる野いちごや木の実はゼラの倍は集めてくる。

そこらにあるものを応用して生活道具を作ることもお手のもので、兎の罠《わな》に釣り道具と作り――野草と卵、山羊の乳だよりだったゼラの食生活に肉と魚が加わって、すっかり豪勢になっていた。

なんでも聖騎士や聖王になるための試練に、決して誰にも身分を明かさず、二年間、修道士として無一文で大陸を巡礼するというものがあり、その時に身につけたらしい。

最近では、ゼラが言う前にあれこれ片付けられていて、本当にやることがない。

やることがないあまり、暇に任せてクッキーやかぼちゃのパイなどを作り、庭にテーブルを出して、骨と魔女と聖騎士でのんびりお茶を楽しむ余裕すらある。

そうやって一緒に暮らして会話が増えていくうちに、なんだか、自分のワガママで王都に行かないと言い張っているのは大人げない気がし始めていた。

だけど、どう切り出せば自分が不安に思っていることや、行きたくない理由を、レナードへの恋心を隠したままうまく伝えられるのか。

勇者らと旅に出る前は、祖母や母とだけ暮らし、その後は三年の間一人きりで生きていた。

友人どころか家族以外を知らないゼラは、こういう時に、どう切り出せばいいかについて、経験も語彙《ごい》もまったく足りず、頭を抱えて唸《うな》るばかり。

(ていうか、今までと態度が違いすぎな気も、する)

四人で旅をしていた時のレナードは、ゼラに親切ではあったが必要以上に触れようとはしなかった。

治癒だって、女性の肌に触れるのは誤解されると、リリーサに任せることが多く、なにかと隙あらば抱きつきからかってきたヴェアンとは逆に、つねに礼儀正しく頼れる仲間の位置から外れなかった。

なのに居候となってからのレナードは、その時の距離を取り戻そうとするように、親しげにゼラへ語りかけ、手を貸し、いたわり——髪や頬にさりげなく触れては綺麗だと口にして笑う。

まるで、恋人か夫婦のように。

思ったと同時に顔が紅潮しだし、ゼラは顔を覆ってしゃがみ込む。

「いやいや、違うから。あれは単なるお世辞というか、ご機嫌とりというか、私を王都につれて行くために気分よくさせようとしているだけで！　別に好意があるとか、そういうことはない。ないんだから」

とはいうが、レナードがそんな姑息《こそく》なやり方でゼラの気持ちをないがしろにするとも思えない。

じゃあなんなんだと考え出すと、途端に思考が堂々巡りしてしまう。

（彼は、私のことは好きじゃない。彼には、婚約者がいるんだから！）

必死になって自分に言い聞かせる。そうでなければ、変な方に気持ちが傾いて、いつか過ちを招きそうだ。

一緒に暮らす日が増えていくに連れ、ゼラは彼が男だということ強く意識しだしていた。

例えば、自分では手の届かない棚の上の瓶を取る時とか、あるいは、一人でやると半日仕事になる風呂の水汲みが、たった一時間で終わった時とか。

（薪割りの時の、腕の筋肉が盛り上がる感じとか、自分の頭の上から伸びた手の、ちょっとごつっとした感じが、なんか新鮮というか……。私じゃないんだ、違うんだっていう）

女のものよりしっかりとした骨格や筋肉、それらから導き出される仕草などに、ドキっとしてしまう。

なんでそうなったのか、理由はわかっている。

病上がりに夜着一枚で歩いているのを咎《とが》められた時、別に見る人なんていない。男なんていないし。などと口走ったゼラに対し、レナードは実力行使とばかりにゼラを抱きしめ——そして、己の欲望を知らしめた。

(多分、あれが強烈だったから、変に意識しちゃうというか。気になるというか……あああ、だめだめッ！)

待って、待ってとうわごとを口にしながら、ゼラはしゃがんだまま羞恥に身悶《みもだ》える。

(男の人は、好きじゃない女性にも反応するってのはヴェアンを見てたらわかるし、レナードも人間だから生理反応があるのもわかるけど！　でも、私なんかに反応しちゃうってありなの？　ありなの⁉)

自分がレナードを男として意識したように、レナードも自分を女性として意識した——のだろうか。

思い出すまい、考えるまいとすればするほど、あの時のことが——レナードが、自分も男だと警告した時のことが思い出される。

伝わる熱や腕の力強さ、鼻腔《びこう》から染みて脳を酔わせる彼の香りに、どこか切羽詰まった吐息。

首筋に触れた唇の、思いも寄らぬ柔らかさまでもが肌に甦り、尾てい骨から首筋までがぞくんと疼く。

(なんで、なんで、なんで？　こんなになっちゃうわけ？)

いたたまれないのに身体だけが興奮している。まるで、いままでゼラが意識もしなかったなにかが、静かに芽吹こうとしているような。

息を詰め、心の中で起こりつつある変化をこらえていた時だ。

「どうした、ゼラ。そんなところにしゃがみ込んで」

変化の原因である男に背後から声を掛けられ、ゼラはあわてて立ち上がる。

「な、なななな、なんでもないッ！　ほら、寒いから、手が、かじかんで桶が持ちづらいなーって」

馬鹿みたいに大きな声をだしつつ振り返る。するとそこには、シャツにズボンという軽装で剣を持つレナードの姿があった。騎士の日課である朝稽古をしていたのだろう。

「まったく。そんな雑用は俺に頼めばいいのに。しもやけになったらどうするんだ」

しょうがない奴《やつ》だなと苦笑しつつ、レナードはゼラに近づいた。

ここ一ヶ月の共同生活で回数と親しみやすさが増したレナードの態度と、優しげな声、なにより異性として意識しつつある存在の接近に、ゼラの反応が一拍遅れた。

少しだけ節の骨が目立つ長い指が手首に巻き付き、あっという間に両手がレナードの手中に捕らわれる。

ゼラの両手がレナードの口元へと導かれていく。

（いやだ……！）

悪気があるわけではない。冷たくかじかむと口にしているから、温めようとしてくれているのだ。そう理性でわかりつつも、呪いのように絡みついた劣等感は納得してはくれなかった。

「やめてっ！」

まるで、貞操を奪われようとしている乙女のように、ゼラは悲鳴を上げ、反射的にレナードを突き飛ばす。

「ッ……！」

鈍い衝撃が手から腕へと走った瞬間、有能な武人らしい動きでレナードがゼラと一歩距離を取る。

あ――、とうろたえた声を出したのはどちらが先だったろうか。

仲間より家族より近くなりだしていた二人の間に、一瞬で距離ができ、冷たい風が吹き抜ける。

「……ゼラ？」

突然の拒絶に、レナードが青ざめうわごとじみた声で名を呼ぶ。

驚いただけとごまかしたかったけれど、引きつりおびえた笑顔を浮かべるだけで精一杯だった。

(見られた。見られた……！)

油断していた。だから最近、隠すことをすっかり忘れがちになっていた。

けれど、掌を眼前にかざされると、どうしても拒否反応が出てしまう。

――ほら！　この手！　この傷！　血で魔物を封じる魔女なのですゼラは！

仲間を自慢するそぶりで、そのくせ、民の不安を煽るように巧みに声色を変えて、リリーサが民衆にゼラの掌をかざした日が頭をよぎる。

血を代償とすることにより、普通の魔導師たちよりずっと強い力を呼ぶ古代魔法。その使い手であるゼラの掌は、魔王との戦いの中で無数の切り傷が刻まれ、消えない痕として残されていた。

それこそ指先から手首までびっしりと、どんなに優れた手相占い師でも未来を読めないほど多く、傷ともしわとも言えないものが刻み込まれており、火傷痕のように醜く盛り上がっていた。

普段は見せないよう気をつけているし、外出時に女性が手袋を嵌めるのは初歩の礼儀作法なので、他人に気づかれることはほとんどなかったが、それだけに、見られた時の拒否感は強い。

「なんでも、ない」

「なんでもなくないだろう。その傷は、それは……魔王との戦いで……」

「なんでもないって、言ってる！」

爪が食い込むほど力を込めて拳にした両手を胸に押し当て、ゼラは首を振って見せたが、頬と口元が引きつった不気味な笑顔では、余計に相手に衝撃を与えてしまう。

だが頭では理解できていても、ゼラの心がついてこない。

——醜い手。

——自分の身体を傷つけて魔物を害する魔法を呼ぶとは、恐ろしい。

——かわいそうに。あんな手じゃ、どんな男だって嫁に欲しいとは思わないだろう。

ゼラの手を見た者達の侮蔑、非難、嘲笑が幾重にも重なり頭に響く。まるで、悪意の蜂の巣を叩き壊したようだ。

重なりすぎた言語は不明瞭でわかりづらいのに、それが自分を傷つけるという事だけははっきりとわかる。

ゼラ——と、目の前の男が震える唇で名を呼んだ。けれど声としてはまるで聞こえず、悲痛な響きに至っては過去の中傷でかき消され届かない。

「ご、ごめ……ん。私の、手、はさ……ほら、傷だらけだから、見ると気分が悪くなるだろうから」

軽口めかせて取り繕《つくろ》おうとがんばるけれど、どうにも上手く声がでない。

「そうではなく、治癒魔法は」

「魔法の為に付けた傷には効かないって、リリーサが……」

回復役を務めた聖女の名を出した途端、レナードが青ざめ露骨な嫌悪を浮かべつつうめく。

（嫌われた。嫌われた。きっと気持ち悪いと思われている）

衝撃と混乱で頭が退行し、幼児のような感想しか出てこない。

嫌いだから突き飛ばした訳ではない。触れられるのが嫌だった訳ではない。ただ、この手を――誰もが顔をしかめる醜い手を見られたくなかった。とくにレナードには。

ゼラは怯《おび》えのままに背を向ける。

あの傷ついた顔を――、信じられないものを見たような顔を、一秒だって見ていたくはなかった。

「そ、そうだ。……私、こんなことしてられなかった！　護符作りに必要な石を集めてこなきゃ！　ほら、月末には祭があるから、きっと売れる筈だし」

嘘だ。ゼラもレナードもよくわかっている。

人手が増えたおかげで、食料調達や薪の確保が思うより順調で、無理してお金を稼がずとも冬を越せるだけの蓄えは十分にできていた。

魔力を喰う魔物のガーゴイルが出現したことを考えれば、しばらくは村に行かないほうがいい。

だから、石を集めて護符にしたって、売る機会なんて全然ないのに、ゼラは逃げる口実として飛びついた。

水を汲んだばかりの桶をそのままに母屋へかけより、玄関先に置いていた野草摘みの籠をひったくる。

そのまま、レナードが止めるのも聞かず走り続け、森の奥へと身を隠す。

この森が生まれた時からあるだろう樫《かし》の大木に寄りかかり、ゼラはきつく目を閉ざし、急な運動で上がった呼吸を整える。

「は……」

馬鹿みたい。ただ手を見られただけで、あんなに焦って逃げるなんて。魔王を前にした時だって落ち着いていられた私が。

そうやって自分をからかい、気持ちを奮い立たせようとしてみても一向に気分は上がらず、ゼラは長く深い溜息をついたまま、大木の根元で膝を抱えうずくまり、胸の痛みに耐えていた。

森の中で二時間ほど過ごして心を落ち着かせたゼラが戻った時、レナードの姿はどこにもなかった。

怒らせたのだろうと気まずくはあったが、夕飯には顔を出してくれると思っていた。

だが翌朝になっても姿を現さず、ふと気付くと、山羊と同居していた彼の白馬も消えていた。

（雨が降り出したのに、戻って来ない……）

秋の長雨が森を濡らす中、ゼラは薬草を煎じる手を止めて窓から厩舎を見る。

鼻先を滴る滴に濡らしながら、山羊のつがいが草を食《は》んでいるだけで、そこにレナードの白馬はない。

鞍も鐙《あぶみ》も消えていることから、出かけているのだろうと察せた。

（夕飯までには、戻ってくるのかな）

昼食の時間も、そして、日々を楽しませるささやかなお茶の時間となっても、レナードは姿を見せない。

スケさんによると、昨晩から食事すら取らずに納屋に閉じこもり、なにも言わず出て行ったそうだ。

行き先は、と尋ねたところ、申し訳なさげにスケさんが肩の骨を下げたので、ゼラはなにも聞かなかったことにして、いつもの日課をこなしていた。

だが進みが遅い。気づけばいつの間にか手も思考も止まっている。

レナードの不在が気になっているのだ。

(このまま、ずっと戻って来なかったりして……)

しくんと胸の奥が冷たく疼く。

別におかしいことではない。ゼラを探しに来ただけの男だ。

目的が達せないと判断すれば、立ち去るのも当たり前だろう。

一ヶ月で親しくなり、距離を感じなくなっていたので忘れがちだが、彼の目的はゼラを王都へ連れて行くことだ。

昨日のやりとりで嫌われ、ゼラのかたくなな態度に呆れ、立ち去ろうとしているのかもしれない。

ゼラを連れて行くという任務など、聖騎士でなくともできる。

ただ仲間で既知の相手ならば互いに気安かろうと考えられ、レナードが選ばれただけだろう。

(呆れられても仕方ない。レナードからすれば、善意で手を温めようとしただけなのに、私から突き飛ばされたんだから)

その上、眉をひそめるほど醜い傷を目にしたのだ。

ゼラのことを嫌いになられても仕方がないし、このままふいっと姿を消されたとしても、ゼラはどうにもできない。

「別に、どうっていうことはない。……ただ、元の生活に戻るだけ」

今まで色々ありすぎただけで、これからは当たり前の日々に戻るだけ。

そう。以前の暮らしに戻るだけ――。

何度も呟くが、心の中はまったくすっきりせず、砂を呑んだようにざらつき重い。

部屋の隅で農機具を磨いていたスケさんはなにも言わない。

ただ、骨がすれる乾いた音が雨音混じりに届くだけだ。

二人の間になにかがあったとわかっているが、スケさんとしては口を挟みたくないのだろう。

まあそうだろうな、とは思う。

ゼラは召喚者でスケさんの主人にあたるが、レナードは聖職者だ。

害をなさず、ゼラの手助けとなっているから見逃しているが、本来であれば生命の理に反し、この世に存在する不死召喚者は神の名の下に灰にすべきという立場である。

どちらかに味方すれば、どちらかの反発を買うこととなり――命が危ない。

それよりは、当たらずさわらずの中立でいるのが賢い選択だ。

(スケさんだって、ただ隠遁《いんとん》暮らしをしたくてこの世に残ってる訳ではないしね)

彼は、この森のどこかにある、恋人の墓を探しているのだ。

酔っ払った弾みで漏らしたが、彼は生前、領主の娘と恋仲となり、駆け落ちを約束したが、お約束通り、直前となって領主にバレて殺されたらしい。

背中から大斧でばっさりやられていたのは、そんな理由だとかで、相手の娘はそれを気に病んで湖に身を投げ――親不孝者として、一族の墓所ではなく、この深い森の中に無縁の女として葬られたと言う。

全部、ゼラが生まれる前――五十年ほど前の話だと言うが、そういう伝説が村にもあった。

昼間は下男としてゼラや家畜の面倒を見ているが、雨が降ろうが嵐になろうが、かまわず夜な夜な森を歩き回り、恋人の墓を探していることなど、とっくの前から気がついていた。

(あと、半年あるかな……)

最近、とみにスケさんの骨がきしむようになった。おそらく、物理的な寿命が近いのだろう。

墓を見つけるか、魂の器となる骨が砕け散ればスケさんはこの世から消滅する。

そうなると、ゼラはまた一人きりで暮らすことになる――。

(なにを今更。いつまでもレナードがここにいるわけがないんだから)

こんなことなら、一緒に王都に――いや、聖王国へ行っていればよかった。

後悔するが、それもまた馬鹿馬鹿しい結論の一つだとわかっている。

聖王が会いたいと言っているが、それはゼラを迎え入れるという意味ではないだろう。魔王討伐の功労者として祝福したいだとか、あるいは話を詳しく聞きたいとかそんなところで、用事が終われば金貨のつまった袋を渡されて出口へ案内されるのだろう。

こんな田舎で金貨を貰ったところで、使いどころなどないというのに。

(レナードって、私の側にいる筈のない人だったんだな)

魔王がいなければ、人生が交わることすらなかった。

魔王がいたからゼラは仲間に迎え入れられ、言葉を交わし、親しい間柄となった。

そして魔王が消えれば――元に戻るだけに決まっているではないか。

わかっていたのに、どうして彼に心を惹かれてしまったのか。

(婚約者だって、いる人なのに)

侍女たちが騒いでいた光景が頭をよぎる。その手には確かにレナードの筆致で〝魔王を倒した暁に、聖王猊下の令嬢に〟と書かれた手紙の燃えさしがあった。

大本は焼け焦げて灰になっていたので、読み取れたのはその一文ぐらいだが、彼の地位や手柄を考えると十分だろう。

(好きにならなきゃよかった。いや、好きになった気持ち自体は否定したくない。でも、好きになったから……顔もしらない婚約者に嫉妬なんて嫌な気持ちを抱いてしまう)

窓枠を這《は》うカタツムリを眺めるうちに、思考が堂々巡りを開始する。

「ああっ、やめ！　雨が降ってるのにじっとしているから、どうでもいいことを考えちゃうんだ。手を動かしなさいゼラ！　手を！」

勢いよく立ち上がり自分で自分に説教する。

(私がいくら考えていたって、帰ってくるもこないもレナードが決めることだもの)

だったらうだうだ考えず、彼が戻ってきてくれることを祈ろう。そして、戻ってきてくれたら話をしよう。

そう決めて深呼吸していると、部屋の隅に座っていたスケさんが小さく笑う。

「そうは言っても、聖騎士の御仁があらかた片付けちゃいましたからねえ。雨の日に薬草を煎じてもあまり上手くいきゃしませんし」

スケさんは、農機具を磨く手を止め首をひねる。

「いっそ、気分転換にハンカチの刺繍《ししゅう》でも仕上げてはいかがです？　御仁に渡そうと考えているんですよね」

「なっ……！」

なんで知っているのと言いたいのに、舌が上手く回らない。

一瞬で顔が赤くなり、身体の内側からかあっと身が熱くなる。

「違うわよ！」

最大音量で叫ぶけれど、スケさんはまるでこたえず、楽しげに首をカタカタ言わせてゼラをからかう。

「そうですかねえ。蒼と金の絹糸で薔薇を刺していたあれは、御仁のものじゃなかったんですかい」

ここのところずっと、夜に暖炉の前でゼラがしていた刺繍のことだ。

「あっしはてっきり、御仁に渡すものかと。髪や目と同じ色ですし。花も……」

「スケさん！」

口の達者な骨をにらみつける。

だが、羞恥に赤い顔では怖くないようで、相手は肩の骨をひょいと持ち上げ話を終わらせる。

(見てないようで、しっかり見ているんだから！)

金はレナードの髪の色、蒼はレナードの瞳の色。薔薇の花は騎士の象徴で——とくに蒼は、聖騎士を意味する。

違うと否定したものの、ハンカチの図案を見れば、誰宛てかなどすぐにわかってしまう。

「あれは偶然で、渡す気なんか、全然ないから！」

「そうですかねえ。渡してあげたらいいのに。きっと、飛び上がって喜びますよ」

「そんなこと……」

もごもごと語尾が消えかける。

飛び上がって喜ぶレナードなど想像がつかないが、少しは嬉しいと思ってくれるだろうか。

あるいは、もう少し側に居ようと考え直してくれるだろうか。

（いや、渡す宛てなんてないし。渡さないし）

男性に刺繍入りのハンカチを渡すという行為は、あなたに気があると伝えるも同義だ。

（婚約者がいる人に、渡せる筈がない）

じゃあ、渡す宛てがないハンカチをどうして刺繍していたのかと聞かれれば、返答に困ってしまうあたり情けないのだが。

「あれは練習……」

本当に好きな人ができた時のためにやっているのだと、苦しい言い訳を口にしつつスケさんに背を向ける。

自分がわからない。

相手には結婚を決めた女性がいる。だから諦めなくてはと思う一方で、ハンカチをあげたら喜ぶかなとか、笑ってくれるかななど、相手の反応を気にして一日中頭を悩ませ、すぐにそんな恥知らずなことはしてはいけないと思いとどまる。

理性では駄目だとわかっているくせに、夜、毛布の中で、偶然手が触れたことを思い出して落ち着きなく寝返りし続けたり、食事の時に目があっただけで動悸《どうき》が激しくなったりしてしまう。

わかるのは、レナードに恋しているということだけだ。

かなう見込みどころか、伝える気もないけれど、それでも、名前を呼ばれるだけでぼうっとしたり、相手の視線にどぎまぎしたりするのは止められない。

努力だけでは、好きな気持ちを消してしまえない。

(私、レナードへの想いを、どうしたいのかな)

ぽつんと思った瞬間、あわてて自分の気持ちに蓋をする。

そうしないと、手に負えない悪いものが出てきそうな気がしたのだ。

(ない。ないから。人寂しさで勘違いしているだけ！　絶対に好きだって伝えないし、悟られても駄目！)

そうでないとレナードを困らせるし、彼に愛されて結婚するだろう娘に申し訳がたたない。

嫉妬は恐ろしいものだと思う。リリーサがいい例だ。

聖女という立場を利用して、自分以外の女性を意中の男から遠ざけようとなりふり構わず傷つけている。

自分は、そうなりたくない。誰かを傷つけてまで幸せになろうとは思わない。

思いっきり頭を横に振りながら、ゼラは自分の恋心を何度も否定する。

あまりにも勢いよく首を振るものだから、髪の毛先が顔や首を叩いてチクチクするが、今のゼラは痛みを気にする余裕すらない。

馬鹿みたいに首を振り続けてどのぐらいたっただろうか。小屋の木戸がきしむ音がして外の雨音が急に強く聞こえだした。

気づいたゼラが目をやると、被った外套《がいとう》ごとずぶ濡れになったレナードが玄関に立っている。

「レナード！　どうしちゃったの！　そんなに濡れて！」

刈り入れが終わり、畑が剥《む》き出しの土に変わるこの時期は天気が悪くなりやすい。

今は雨だけで済んでいるが、ふとした拍子に雷鳴や強風混じりの雨——嵐に変わる。

そんな日に森をうろつくなど間違っている。水煙や霧で見通しが悪く、道を見失い遭難しかねない。

今日は帰ってこないだろうなと考えていた分、レナードの不意打ちの帰宅に虚を突かれていたが、たっぷりと水を吸った外套から落ちる滴が、みるみる土間を濡らすのを見てゼラは声を上げる。

「スケさん、暖炉に薪を追加して！　私、お湯と布を用意するから」

レナードの唇が血色を失っている。早く乾かさないと凍えてしまう。

カタカタと騒がしく骨を鳴らし、スケさんが台所裏に薪を取りに行くのを確認しつつ、ゼラはベッドの側にある衣装箱をひっくり返し、一番柔らかく温かそうな綿布を引っ張り出してレナードに駆け寄る。

「早く、中に入って。火に当たったって」

自分が濡れるのも構わず相手の外套を掴み引っ張ると、ふ、と小さな笑い声が頭上から落とされる。

なにがおかしいのか。

突っ立っている場合じゃないのにと顔を上げれば、どうしてか、今にも泣きそうな――あるいは、苦しげな表情をしたレナードと目が合う。

「レナード？」

「いや、相変わらずなんだなと、思って」

なにが相変わらずなのか。問いただしたい気持ちはあるが、まずは身体を乾かすのが先である。

「そんなことはいいから、早く」

相手の腕を掴んで、兎《と》にも角《かく》にも部屋の中へと引っ張った時だ。

流れるような動きでレナードがゼラの手を押さえ、探るような視線を向けてきた。

真摯《しんし》で、切羽詰まった様子を伝えるように、いつもより色の濃い蒼眼に息を詰めれば、相手はひどく慎重な手つきでゼラの手の甲を指で撫でる。

手首から指へと繋がる筋、なめらかに隆起する節から指一本一本の側面、さらには、洗い物でささくれ立った爪の横まで丁寧になぞられる。

ぞくんとしたものがつま先から頭まで走り抜ける。濡れ、冷たくなった男の指先が肌を辿るにつれ、しびれは甘く、身を震わすようなものへと変化し、ゼラの鼓動を逸らせていく。

そんな場合じゃないでしょと叱りつける台詞が、喉に引っかかったまま出てこない。

代わりに、か細い息だけが唇の隙間からゆるゆるとこぼれ、白い息となって空気中へ散り消える。

「レナード……？」

「ん？」

拒絶されないことに安心したのか、強《こわ》ばっていた頬からわずかに力を抜き、同時に指と指を絡め掌同士を密着させながらレナードが眼を閉じる。

雨で濡れているからか、二人の手は離れがたいほど綺麗に密着し、そこからじわりと体温が伝わる。

親密な仕草と、人肌のぬくもりに心地よさを覚えていると、レナードは繋いだゼラの手を己の頬に押し当て、慣れた家猫の仕草で擦り寄せながら眼を細める。

――いとしい。

仕草から伝わってくる男の感情にうろたえ、どう受け止めればいいか測りかねていると、ゼラの困惑に気づいたレナードが薄く眼を開いた。

「すまない。昨日の朝のことが思いのほか堪えていたから……つい」

謝罪しながらも、ゼラの手を離そうとはしない。どころかますます強く引き寄せ、己の頬に押し当てる。

じわっと、掌から滲む暖かさにうろたえ、鼓動を逸らせつつゼラは言いつのる。

「ううん。私もちょっと大げさすぎたというか。嫌だったでしょう？　ごめんね。こんなの、見たくないのに」

傷、とは言い切れなくてごまかすと、手を掴むレナードの指先に力がこもる。

「そうじゃない」

「え……」

「傷を、残させた自分自身が許せなかった……」

どういうことだ？　意味がわからない。

この傷は、魔物を倒すべく、古代魔法を使う時につけた傷だ。レナードがつけた訳ではない。

わからず視線をさまよわせていると、彼は、はあっと大きく息を吐き、それから沈んだ声を出す。

「ゼラ、回復魔法に傷の種類は関係ない。その手は……傷ついた直後であれば跡形なく消せていたし、痛みだってなかった筈だ」

言われ、目をみはる。

「でもリリーサは、治せないって」

回復魔法については、聖騎士より熟練した技を持つ聖女の言葉を思い出し告げれば、レナードが悔しげに奥歯を鳴らす。

「嘘をついたんだ。……あの、女め」

レナードの心底軽蔑した様子を見て、ああ、そうだったのかと思う。

誰からも慕われ聖女として名高いリリーサだが、ゼラにだけは意地悪で冷たかった。

それは自分が魔女で、聖女の対極にあたる存在だから生理的に受け付けない存在であると同時に、ヴェアンへの恋路に邪魔だと考えているのだろうと思っていたが、まさか、傷を治したくないほど嫌われていたなんて。

（治せる怪我をそのままにして、私を苦しめたかっただなんて……。聖女が、聞いて呆れる）

いくら嫌いでも、反りが合わない相手でも、目の前で苦痛を訴えていれば助ける。

少なくともゼラはそうするし、ヴェアンやレナードもそうしていた。

だから当然、仲間の一人であるリリーサも同じだと考えていたのだが、違ったようだ。

衝撃や悲しさより、そうだったのかという納得と、いかにも彼女らしいという諦念《ていねん》が胸を満たす。

傷を治さず、民の前であげつらい、魔女だと印象づけて疎外する道具にしたくて、あえて治癒の魔法をかけなかったのか。

――魔女だなんて恐ろしい。あんな風に手を傷つけ流した血で、魔物すらも傷つける。

ことあるごとにおびえて見せたのも、聖女である自分の言動に人々が同調すると踏んでいたからだろうか。

本当は治せる傷を放置しておきながら。

そんなに王子の花嫁に――いや、彼が唯一の王子となった今は王太子妃に――なりたかったのか。

（聖女であるだけでも充分、人々から大切にされるのに）

彼女にとって、聖女であるだけでは足りなかったのだろうか。――なぜ。

そこまで考えて、ゼラははたと気付く。

では、レナードがゼラの傷を治したがらなかった理由はなんだ。

魔王討伐の間、ゼラはレナードから治癒の魔法をかけてもらった記憶がない。

きっと、聖騎士として女性に無遠慮に触るなど、礼儀に反すると考えているのだとさほど気にしてはいなかった。だからリリーサに治癒を任せていて気付かなかったのだろうが。

――嘘を、つかれていたというのなら。

「じゃあ、全然、知らなかったの？」

「ああ。……ゼラが魔法を使うたびにリリーサに治癒を頼んでいた。聖職者なんだから、嫌っていても当然そのぐらいはする筈だとも思っていたし、治癒しているようなそぶりはあった」

確かに傷を見られたりはしていたが、大体、鼻で笑って、〝また傷が増えてしまったわね、かわいそう〟なんて、嘲笑われるだけで終わっていた。

そのうち、いちいちけなされるのが嫌になって、魔物との戦闘時以外は手袋で隠すようにしていた。だからずっとわからなかったという言葉には一理ある。

「ともかく、そんなわけで、傷を残させてすまなかった」

ゼラは、目の前に差し出されたものを見る。

なんの変哲もない、ジャムでも入れるような硝子の小瓶だ。

一体なんなのかと瞬いていると、レナードはゼラの手を取り、そっと小瓶を握らせた。

「これは？」

「肌の回復、とくに手の荒れや傷に効く軟膏《なんこう》だ。蜜蠟と薔薇の精油、あと月光蘭《らん》の汁でできている」

ゼラが香草や薬草に詳しいと知るからか、成分や作り方を教えることで安心させようと伝えてくれる。

だが逆に驚いてしまった。

「月光蘭⁉」

鸚鵡《おうむ》のように繰り返す。

「どうして、レナードがそれを……」

月光蘭とは半透明の白い花びらを持つ蘭で、ごく限られた地域――イグニス一族が暮らしているか、暮らしていた森にしか生えない不思議な花だ。

イグニス一族と同じく太古からある種で、生態はよく知られておらず、暗い湿った森の木陰の下、思わぬところから茎を伸ばし、一夜だけ開花して翌朝には散ってしまう。

万能で、肉体疲労や傷はもちろん魔力や理力の回復にも役立つ希少な花だが、生息地が限られる上、どこから生えるか予測もできず、目当てとなるのも花びらが発するほのかな光だけが頼りと、とにかく見つけづらい。

しかもイグニスの民以外には秘されている類いのもので、レナードがそれを知っていることに驚かされる。

「ああ。叔父が巡礼していた頃の話で聞き知った。実物を見るのは初めてだが、素描《そびょう》が残されていたし、光っているから判別はしやすかった」

「……それにしても。よく」

母が患っていた不治の病にも効果があったのでゼラも毎晩探していたが、めったに見つけられなかった。

塗り薬に混ぜる量となれば、一晩森をさまよい歩いたに違いない。

その上。

「蜜蠟と薔薇の精油もだなんて……そんな、高価なもの」

蜜蠟はミツバチの巣からでなければ採れないし、薔薇の精油にいたっては、風呂桶いっぱいの花びらで、ようやく一滴か二滴取れる超高級品だ。貴族のお姫様でもなければ使えない。

当然、こんな辺境で売られている訳もない。

一体どこから調達してきたのかといぶかしんでいると、レナードが苦笑した。

「やましい経路は使っていない。この地域を統治する辺境伯に頼んで譲ってもらった」

だから朝から居なかったのだ。

辺境伯の城は村の外にある。朝から馬を出して最短で戻っても夜までかかる距離だ。

なのに、この雨の中、夕方に差し掛かる時間で戻ってこられたのは、レナードの馬術が卓越していることはもちろん、とても急いでくれたからに違いない。

それも、これも、ゼラの傷を気に病んで――いたわろうとしてくれたからだ。

気遣われ、大切にされているという実感を得た身体がわななき、目が潤む。

嬉しい。大切にされることが、もうとっくに痛みすらない傷を我がことのように感じ、今からでも癒やそうとしてくれているのが。

黙っているのを不信と勘違いしたのか、レナードは少しだけ急いた口調で付け加えた。

「明日、明るくなってから、俺の治癒魔法も試してみる。……うまく行けば、軟膏との相乗効果で傷は消える筈だ」

とはいえ、ゼラの心の傷が消える訳ではないのだが――と、気まずげに呟き、レナードは口をつぐむ。

寄せた眉や、沈んだ目の色から、彼が心底、後悔しているのが伝わってくる。

どうしてあの時、一歩踏み込んで関われなかったのか。と。

「ありがとう。とても、嬉しい」

渡された小瓶を両手で包み伝える。男の気遣いに自然と笑顔になっていた。

ふわりと花開くように女が笑う。

薔薇のような華やかさはないけれど、人知れず月下に開く清く白い花のように。楚々《そそ》として初々しく、なんの打算もなく純粋に。

恋うる女が見せた、心の底から歓《よろこ》びと親しみに満ちた笑みに、レナードは鼓動すら止めて見とれる。

常に孤独を抱え、気を張って生きてきた中、初めてなんの気負いもなく、相手への思いを共鳴させる幸せに浸るゼラは、相手が自分をどう見ているかなど気づかぬまま、ただ、手の中にある小瓶を――下手な宝石やドレスより、ずっと高価で思いに満ちた贈り物を、手で包み込み、その重みや感触を肌になじませ浸る。

嬉しい。そして気持ちが満たされる。

家族でもないのにこんなに大切に思われて、頭がふわふわとして、心が砂糖菓子になったように甘く蕩《とろ》けだす。

嬉しい。嬉しいな。と、湧き出す感情を噛み締めるように繰り返していると、思わずといった様子でレナードがゼラの頬に触れる。

ひやりとした感触に驚き身を跳ねさせれば、どうしてか、レナードもまた驚いた様子で急ぎ手を引く。

「すまない。つい……。そんな表情を見せてくれたのが信じられなくて」

「ごめん。私、あまり同年代と関わらないから、どういう顔とか反応をすればいいかわからなくて」

頬を真っ赤に染めてゼラは謝罪する。

いつもそうだ。人慣れしていないので気を遣いすぎて、表情や反応が遅れてしまう。

他人からすると、それが反応が悪く無愛想に見えるようで、誤解を生む原因にもなっていた。

気を悪くさせたかな、でもどういう顔をしたら嬉しくて幸せな気持ちが伝わるのかなと、頭を悩ませつつ上目でレナードの様子を探ると、彼は少しだけのけぞり、それから目に見てわかるほど赤い顔で息を詰める。

「だから、そういう……可愛い顔をしないでくれ。俺の理性がどうにかなりそうだ」

「か、可愛いって……か、可愛い顔なんて、別にしてなんかないと……思う」

露出が多い上、黒一色な魔女装束のせいか、あるいは顔立ちか、冷たそうとか、怖そうとか言われることが多かった。しかも森の中の隠遁《いんとん》生活では、女として異性の目を意識しようがない。

そんな中、素直に感情のまま嬉しいと伝えただけで可愛いと言われても、どういう表情なのだと気になり、もじもじしてしまう。

「ゼラ……」

熱っぽい溜息が落とされ、切なげに細めた瞳で顔を見つめられる。

焦がれる苦しさと、触れることを望む飢えが見え隠れする眼差しは強く、ゼラは肉食獣に狙われた小動物のように身動きはもちろん、呼吸すらもままならなくなる。

そうしてどれほど見つめ合っていただろう。ガチャっという音の後にスケさんの焦った声が続く。

「あっ、あのっ！　暖炉ッ……、暖炉の薪、ここに用意したんで！　あっしはもう行きますね！」

床にばらまかれた薪を雑に積み上げるや否や、スケさんは赤くなる二人に背を向ける。

「えっ、スケさん！　行くったって、外は」

ひどい雨だ。先ほどより弱まっているが歩いて十分もすればずぶ濡れになる。

「いやあ、あっしは骨ですから！　これぐらい雨が降って濡れるほうが間接の滑りがいいってもんで。いつもより遠くまで墓を探しに行けそうですし！」

言うだけ言って、返事も聞かずにスケさんはいつものように裏口から外へ出てしまう。

「墓？　あいつは墓に寝ているのか？」

スケさんの夜歩きを聞いて首を傾《かし》げる。納屋で寝起きしているレナードは見たことがないのだ。

「毎晩、墓を探してるの。駆け落ちし損ねた恋人なんだって。それが未練になっているみたいで」

だから、墓を見つけて花を捧《ささ》げ終わったら、スケさんの魂は浄化《じょうか》されて、ただの骨になってしまう。

魔法を使うものなら誰でも知っている知識だ。気付いたレナードは少しだけ眉根を下げ、唇を引き結んでから口を開く。

「そうか。……だが、今日は気を遣ってくれたのかもしれないな」

冗談めかして言われ、ゼラはなんのことかわからず、どういうことと聞き返すが、レナードは曖昧な苦笑を漏らすばかり。

「なんでもない。…………っ、く」

くしゅん、とレナードがくしゃみを落とす。

そこで相手が濡れていることを思い出したゼラが眼を丸くしていると、レナードが恥じるみたいに眼をそらし、ゼラの手にある瓶を差し示す。

「ともかく、それを塗って今夜は寝ろ。……俺も、納屋に戻る」

「あっ……！　だ、駄目だってば！」

思わず相手の袖を掴んで引き留める。

骨しかないスケさんはともかく、こんな雨の夜に、暖房の手段もなく、雨漏りも酷い納屋で一晩を過ごせば風邪をひく。

自分の為に苦労をしてくれた相手を病気にさせては申し訳ない。

ゼラは、まだふわふわと落ち着かない気持ちを払うように、頭を横に振ってからレナードを引き留める。

「風邪を引くから。今夜はこっちで過ごして。服だって、髪だって濡れてるじゃない」

ああもう。なにを玄関先で長話していたのだ。

ゼラは自分を叱咤《しった》しつつ、つま先立ち、手にしていた布をレナードの頭に被せ、暖炉の前へと手を引く。

「シャツも吊《つる》して乾かすから脱いで。すぐ毛布を渡すから」

最初こそ、おい、とか、お前な、とかぼやいていたレナードだが、抵抗すればするほどゼラが困ったように眉を寄せるのを見て諦めた。

口の中でなにごとか呟きながら、彼は暖炉の前に敷いてある毛皮の上に座った。

ベッドから毛布を取りあげ、一度埃《ほこり》をはたきつつ急かすと、レナードが濡れたシャツのボタンに手をかけしぶしぶと外していく。

毛布を持ったまま、お茶を入れるためのやかんや服を吊す麻紐《あさひも》を用意していたゼラが、振り返った時だ。

荒っぽい仕草でシャツを脱ぎ、レナードが諸肌《もろはだ》をあらわにする。

（う……わ）

彫像のように綺麗な背中だった。

若々しい筋肉が張り詰めた肩から腕の線は、なだらかでありながらしっかりしているし、肩甲骨の形も左右対称ですごく形がいい。

服を着ている時ですら姿勢がいいと思えたが、こうして素肌になられるとなおさら骨格のよさやゆがみなく整った肉体の美しさが際立つ。

暖炉の照り返しを受ける肌は赤みを帯びてほのかに輝いており、同じように輝く金髪と相まって、どこか彼を超越した存在に見せていた。

目の前にいるのがレナードなのか、それとも、名も知らない国から来た軍神なのかわからなくなり、相手の肩に指を沿わせかけた時だった。

「ゼラ？」

「なっ、なな……なんでもない！　これ毛布！　肌隠して！　恥ずかしいからっ！」

勢い込んで言うなり、座る男に広げた毛布を覆い被せて隠し、彼の背後で膝立ちになって、乗せていた布ごとレナードの頭を両手で掴む。

見とれたどころか、触れ、撫でたいという衝動を覚えたことがはしたなく思え、悟られるのが恥ずかしい。

己の内心を隠そうと、ゼラは半分やけ気味にレナードの髪を布で乾かしていく。

だが乱暴だったのか、なにか気になるのか、突然レナードが小さく喉を震わせ笑いだす。

「どうしたの？　ひょっとしてくすぐったい？」

「いや。……悪くないなと思って。惚れた女に世話を焼かれるのは」

なにげなく呟かれた感想にふーんとうなずき、次の瞬間ぎょっとする。

「ほ、惚れたって、なに……そんな冗談を」

「人が本音で言っていることを、冗談にしないでくれ」

びっくりした心臓が大きく跳ねて、喉から変な声を漏らすと、見抜いた動きでレナードが髪を拭くゼラの手を取り引っ張った。

ぐんっと身体が前に倒れ、ちょうどレナードの首に腕を回すような形になる。

「ちょっ、やだ。離して……」

「嫌だ」

思いもよらず密着状態となり、早鐘のように胸が鳴る。

触れる部分からその音や、羞恥に火照る体温がつたわらないかとどぎまぎしてしまう。

「惚れたって言われても、信じられる訳ないでしょ。どこにもそんな要素ないもの」

ドレスが似合う顔立ちでもないし、貴族令嬢やお姫様のように礼儀作法が際立っている訳でもない。顔立ちは普通だし、その上、皆から誤解された嫌われ魔女。

世の中の女性たちが目を輝かせて夢中になる聖騎士から、惚れていると言われてもまるでわからない。

手を取られたまま、身体を震わせていると、レナードはゼラの両手を眼前にしてぽつりと呟く。

「要素か。……ゼラは嫌かもしれないが。俺は、この手ほど美しい手はないと思っている」

「そんな気休めは別にいいから……」

「気休めなものか。真剣に言っているんだ。……ゼラ」

淡々と――だが、それだけに、相手が本気だとわかる声に息を詰める。

「世界を救うために傷すら厭《いと》わず戦ってくれた、強く、優しく手を持つ女。そんな女はどこにもいない。ゼラだけだ」

手だけではない。と呟き、レナードはゼラの掌を自分の唇に触れさせ、祝福するように言葉ごとに口づけながら告白を続ける。

「魔法を使う時にたなびく髪も、誰より表情がわかりやすい目の輝きも。魔女と言われて強がって、でも裏ではしょげて眉を下げているところや、子猫やひよこのふわふわしたものに弱いところも。あと、うなぎと蛇《へび》を見ると、人知れず鳥肌を立てて嫌がってるあたりまで、全部。全部が好きだ」

――旅の間中、どれだけゼラを見ていたのだ。

呆れるほど、細々と述べられる己の嗜好《しこう》や行動が、恥ずかしすぎて聞いていられない。

身体が熱く、頭が変にぼうっとする。だけど彼には婚約者がいるのではないのか？

好きだと言われて嬉しい気持ちと、彼と結婚を約束した娘への罪悪感が交ざって素直に受け止めきれず、ゼラは身をよじり、逃れながら理由を問う。

「な……なんで、そんなことを唐突に言うの？」

突っぱねるような口ぶりをしてみるが、語尾がへんにうわずっている。

普通ではない。冷静じゃない。レナードの言葉にいちいち心が揺さぶられてしまう。

だけど、もう決まった相手が居るのに、どうしてゼラを好きだと言えるのか。どうしても知りたい。

「ゼラが俺を男として意識してくれたから」

ふうっっと掌に吐息を吐きかけられた途端、身体がぞくんと震える。だが、悪寒のような嫌なものではない。もっと情熱的かつ衝動に満ちていて、一秒ごとに身体を興奮させるものだ。

「意識なんて」

あえぐように抵抗してみるが、無駄なことはわかっていた。

「してくれただろう。俺の裸を見てあんなにうろたえて、恥ずかしがって。……本当に、思うよりずっと可愛くて、どうすればいいのか」

なにもかも見抜かれていた上、可愛いと思われていたことを知り、ゼラの恥ずかしさが頂点に達する。

それ以上言うなと手でレナードの口を塞《ふさ》ぐと、嫌だと反抗するように掌に歯を立てられた。

「あっ……ッ！」

不意打ちの感覚に動揺して、ゼラの口から甘いあえぎが漏れる。

声があたりに響いた瞬間、レナードが息を止めたのが掌から伝わるが、それも長い間ではない。

もう一度聞かせろとねだるみたいにして、彼はさらにゼラの手を弄《もてあそ》びだした。

唇で指の腹を柔らかくついばんで、かと思えば、不意をついて爪先に歯を立て甘噛みする。

ぺろりと掌を舌でくすぐってゼラをむずがらせ、身を震わせるさまを楽しんでいたのも束の間、次の瞬間、レナードはゼラの手をぐっと自分の唇に押し当て、指の股へと舌先をねじ込んで行く。

感触が変化するたびに、ぞくぞくとしたものが腰からうなじへと駆け上がる。

たまらず身をよじってみせるも、手をしっかりと囚われていて逃げられそうにない。どころか、まるでねだるように、男の背に胸を押し当てるような形になってしまう。

「んっ……ふぅ、う、うん……っ、もぉ……ッ」

怒っていると伝えようとするのに、どうしてか鼻から抜けるのは甘くこもった呻《うめ》きだけで、ゼラは自分の声の媚《こ》びた音色に頬を熱くする。

「駄目……だよ、レナード。その悪戯、やめて」

まるで極上の砂糖菓子でできていると言わんばかりに手をねぶられ、身体も心も溶かされていきそうなのが頼りなくて、かすれた声で伝えれば、レナードはようやく口からゼラの手を離し、少しだけ沈んだ声で尋ねてきた。

「俺のことは、嫌か。……それとも、まだヴェアンのことが忘れられないのか」

予想もしない人物の名にゼラは虚を突かれ、思わず何度も瞬きを繰り返す。

「え？　なんでそこでヴェアンが出てくるの？」

勇者として選ばれた王子の名を口にすれば、言うなといわんばかりにちゅ、ちゅ、と音を立てて掌に口づけし、どこか拗ねた口ぶりでレナードが続ける。

「……ゼラは、好きな相手が婚約すると聞いて、失恋したと思って王宮を後にしたと聞いた。あのあとすぐ、リリーサとヴェアンが婚約した、だから」

とんでもない誤解だ。ヴェアンのことなどなんとも思っていないし、リリーサが邪険にしていたのも一方的に恋敵認定されていただけにすぎない。

好きな男から、違う男に惚れていると思い込まれている状況に、ゼラは考える余裕もなく否定する。

「そ、そんなわけない！　いや、婚約とか失恋の話はそうだけど、相手はヴェアンじゃないよ！」

大筋は合っているが肝心の相手がまるで違う。一体どこからそんな話を聞いたのだ。

驚いて口を開いたままでいると、レナードが切なげに嘆息する。

「ごまかさなくてもいい。ゼラが親密になるほどずっと一緒にいた相手なんて、アイツぐらいしかいないだろう」

それまでは森に一人で暮らしていたし、魔王討伐の間は街から街へ移動しており、仲間以外と密接に関わることもなかった。と状況証拠を並べ立てられ、ゼラはついに心を明らかにしてしまう。

「そうじゃなくて！　レナードが……！」

悲鳴じみた声で告げた途端、ゼラの手を掴んでいたレナードが勢いよく振り返る。

なにもかもを見透かしてしまいそうなほど蒼い瞳に囚われ、もう、逃れられないと悟ったゼラは観念して、あの日にあったことを口にした。

「レナードが、婚約の話を進めるために聖王国に帰ったって、侍女達が話してたのを聞いたの」

「俺が？　婚約の話を進める為にだと……？　どういうことだ」

心底意外だという風に眉を上げられ、ゼラは侍女たちの噂を軽率に鵜呑《うの》みにしたと思われたくなくて、補足する。

「レナードが書き損じた手紙の一部が暖炉で燃えさしになっていたって、部屋の掃除を担当した侍女が見せびらかしていたから……」

立ち聞きしたのも、うかつに話を信じたのも始末が悪くて、もじもじと身体を揺らしてレナードから距離を置こうとするが、相変わらず手を離してもらえない。

「聖王猊下の令嬢がどうとか……って」

ゼラの説明で得心《とくしん》が行ったのか、レナードは馬鹿馬鹿しい、と一言に切り捨てた。

「あれは完全に別件だ。俺には婚約者なんていない」

疑念の余地もないほどきっぱりと否定し、ゼラの手を強く引き寄せると同時にレナードが上体をひねって向き合う。

「……結婚したい女は、ここにいるがな」

「っ……」

直球すぎる告白に声を詰まらせた途端、掴まれていた手首からレナードの指が離れる。

だけど二人の距離は離れない。なぜなら、レナードが素早く腕を伸ばし、背後で膝立ちになっていたゼラを思い切り抱きしめたからだ。

「俺が別の女と婚約したと思って、それが悲しくて逃げたということは……期待してもいいということか」

低く、思わせぶりな声の囁きに男の艶を感じ、ゼラの腰と肩が小さく跳ねた。

腕の中に捕らえた女の反応を嬉しがるように、レナードは喉を震わせ、ゼラの耳元に断続的な吐息を吹きかける。

「き、期待って……」

暖炉の炎から与えられるものとは違う、肌や服ごしに滲む男の熱にうろたえ、声を震わす。

喉がひりつき声が出ない。唾《つば》で潤わせようにも舌が緊張で動いてくれない。

うかつにも気持ちがバレてしまった。だけど言葉ではまだ認めていない。まだ逃げられる。そう思う一方で、彼のものになってしまえと感情がそそのかす。

なにをためらうことがあるのだろう。婚約者などいなかった。相手だって求めてくれている。

だけど恋どころか、本当の意味で男を意識することもなく、幼い好きしか知らなかった心と身体が不安を訴える。

——関係が変わってしまうのが、怖い。

仲間として、敬愛する人として互いを思い続けた日々の分、男と女として向き合うことがどういうことかわからない。もし失敗したら、それで嫌われたらとこの期に及んで逃げ腰になっている。

だけど年上な分、レナードはゼラの不安もちゃんと理解し、受け止めようとしてくれた。

決して答えを急かそうとはせず、傷ついた野生動物をなだめるように、丹念に撫で、触れ、自分の手触りと熱になじませだす。

髪を指で梳《す》いて、背を掌で擦り、優しく頬ずりしつつ、身体をそっとあやし揺らす。

最初は緊張に強ばっていた身体も、大河のように緩やかで泰然とした愛撫《あいぶ》にほだされ安堵する。

心地よさに、ほうっと息を漏らした時だ。

「好きになってくれないか、ゼラ」

好きだ、ではなく、好きになってくれないかという言い方が、レナードらしいと思った。

自分の気持ちを押しつけ一方的に満足する気はない。自分を好きになってほしい。そのために努力は惜しまないという決意と思いやりに溢れた告白に、ついにゼラの理性が白旗を振る。

「好きになってくれないか、だなんて……。もう、ずっとずっと前から、レナードのことが好きなのに」

ゼラを抱擁していた腕が緩み、次いでレナードの大きな手が両側からゼラの頬を包み込む。

そうしてどちらからともなく額を合わせ、微笑み、笑う。

「……そうだろうと思ってた」

自信過剰な肯定に、だが呆れるより照れくささばかりが募る。

「ずるい。……気付いていたのに私からも好きと言わせようなんて」

聖騎士なのに悪い男だと茶化して睨《にら》めば、彼は幸せそうに眼を細め——そして告げた。

「ずるいのはどちらだか。……魔王を討伐した直後に、あれほど好きだと告げたのに、答えを貰うまでこんなに焦《じ》らして」

言われ、眼をみはる。

それでは、魔王を倒した後、自分を抱きかかえ、脱出しようとしていたのはレナードで、好きだと繰り返された告白も、夢や妄想ではなかったのか。

頬どころか耳まで紅潮させてゼラが口ごもると、思い出したかといわんばかりの悪戯っぽさでレナードが唇を奪う。

引き締まった唇が角度を変えながら触れ、舌先が探るように薄い表面をなぞる。

皮膚や自分のものとは違う唇の感触に戸惑ったのも束の間、重なるごとに伝わる熱や想いに促されるようにして、強ばっていたゼラの口から力が抜けていく。

花が開くようにして唇が綻ぶや否や、ちろちろと動く舌がそっとあわいをくすぐってさらに開けと、ねだり誘う。

熱くぬめる舌で探られると、まるで蕩かされていくようで、柔らかく唇を包み吸われる心地よさも相まって、ゼラは、はあっと吐息を漏らす。

緩んだ歯列をめがけ、待ちかねたようにレナードの舌が割り入ってくる。

滑らかな動きで中に含まされた舌は、ぬるつく感触をなじませるようにして、ゼラのそれと絡みだす。

「ん、ふっ……。う……ん」

鼻腔から抜ける喘《あえ》ぎの、媚びた響きにかあっと頬が火照っていく。

粘膜同士が密着する感覚が気持ちよく、頬裏や歯列を舐《な》め慣らされるごとに、手足から徐々に力が抜け、口の内部も柔らかく変化する。

包み込んでいるのか、包み込まれているのか。わからないまま舌が誘われ絡み、抵抗もなく奥まで相手を受け入れてしまう。

息苦しさで頭がぼうっとしだしても、唇はほどかれず、ゼラは伸ばした指をレナードの肩に掛けて引きすがる。

舌と指、触れる身体。あらゆるところから互いの体温が交わりなじみ、一つなのだと本能で知る。

理由もわからないまま興奮ばかりが高まり、心臓どころか、血管までもが鼓動にあわせ、どくっどくっと脈打つのがわかる。

「んんんっ……」

息の限界が来て喉で呻けば、するりと男の舌が引き抜かれ、半端に開いた唇の端からつうっと一筋の唾液が垂れた。

肌を濡れ伝う感触に身じろぎすると、狙いすました動きで唾液が舐め取られ、今度は舌と歯でしごくようにして上下の唇が弄ばれる。

歯の硬さと舌の柔らかさ。二つの異なる感触で翻弄《ほんろう》されるごとに、ゼラの唇が果実のように赤く色づき、覚え始めた快感に疼き膨らみだす。

だけど、もっと密接に奥まで許すことを知った身体には物足りなくて、ゼラの恥じらいとは裏腹に、勝手に身体がもぞつき揺れる。

唐突に腰から背を撫で上げられ、ぞくりと這い上がる感覚に身を反らした瞬間、唇同士の結合がほどけてしまう。

「……あ」

切なさともの惜《お》しさに声を漏らすゼラの前で、レナードが己の唇をぺろりと舐めた。

聖騎士として常に己を律し、清冽な姿を見せつけている男が、ゆっくりと、獣のように濡れた舌を動かすさまは、怖いほど魅惑的でゼラは生唾を呑まされる。

仕草だけではない。

雨に濡れて半乾きとなった金髪が額に落ちかかる様子や、暖炉の炎に照らされ赤みを帯びる肌、張り詰めた筋肉に、獲物を狙うようにして細められた瞳。

なにより、冷たく見える蒼い瞳に灯す欲情の焔が強烈で、ゼラの女を甘く激しく脅かす。

喰われ、奪われ、埋め尽くされたい。——被虐的な衝動が旋律を伴う愉悦となって、つま先から頭までをわななかす。

おのずと速まる呼吸ごとに乳房が上下し、布に触れる先端が痛いほど敏感に尖っていく。

むずむずと痺《しび》れ、先端から乳房全体へと広がる未知の感覚に戸惑い、羞恥を覚えていると、レナードがゼラの頬にそっと手を当て微笑んだ。

「怖がらなくていい。ただ感じて、感じさせてくれれば……それだけで」

「感じる？」

熱を帯びた男の声に心が震える。

触れる身体から伝わる鼓動の速さで、彼もまたゼラと同じかあるいはそれ以上に興奮し、求めていることがわかる。

好きだ。誰よりもなによりも近くに居たい。すべてを委《ゆだ》ね、委ねられたい。

乞い願う。あるいは恋願う。どちらでもある衝動が緩やかにゼラの心と共鳴しだす。

「言葉だけじゃなく、触れて、口づけて、全部を知りたい。そして全部で伝えたい。……ゼラが好きだということを。ゼラが好きでいてくれることを」

かすれ、切なさに震える声が甘くねだる。お前が欲しいと。

「抱きたい。全部を、やっと手にいれたんだと」

――知りたい。

その言葉だけで、レナードがどれほど我欲を押さえてゼラとの距離を取っていたのか気付いてしまった。

ゼラにしろレナードにしろ、良くも悪くも生真面目で、魔王を倒すという目的の前に、色恋を優先するなどできない質《たち》だ。

すべてが終わったらと己に言い聞かせ、男として我慢を重ね、いざ告白しようとした時にゼラが消えてい て――、レナードはどれほど悔やみ傷ついただろう。

ゼラは申し訳なさと誇らしさを等分に感じつつ、腕を広げ彼に抱きつく。

そこまでして求められた男と一つとなる。

――好きだという気持ちが通じた今、その行為を拒む理由は、もうゼラのどこにもなかった。

離れて、互いに傷ついた気持ちや空白となってしまった時間を埋めるように、抱き合いながら二人は床へと倒れ込む。

敷かれた毛皮が肌に触れ、くすぐったいと身をすくめるも、そんな余裕はすぐに消えた。

床で打たないようにと背に回し庇《かば》っていた男の手が、一瞬でゼラの細首まで上がり、うなじをくすぐるようにして立襟の留め金を外してしまう。

そうされると首から留める形の魔女服など、肌を覆う布きれに過ぎず、あっと声を上げた時にはもう、腰までするりと剥《は》ぎ下ろされていた。

肌を暴かれたことに動転し、慌てて乳房を両腕で隠すゼラに構わず、レナードは獣のように四つん這いとなって、己の身体で惚れた女を閉じ込める。

「綺麗だ。……きめ細やかで白い肌も、くびれ、なよやかな腰も、肩の優美な曲線も」

身体を形作る部位を一つずつ賞賛し、口づけられるごとに、ゼラの肌が朱から薔薇色へと紅を増す。

褒めすぎだと睨むけれど、恋人となったばかりの男はおかしげに笑うだけで、決してやめようとはせず、ますます悦にいった様子で唇をうなじから鎖骨、肩から肘と這わせていく。

あまりの羞恥に腰で上にずり逃げようとしたが、それがかえってよくなかった。

胸の下からへその辺りでわだかまっていた服が、毛皮との摩擦でよじれ脱げていく。

あわてて脚を使って蹴りあげようとするけれど、あがけばあがくほど布が身体から離れていく。

ついにはふくらはぎで完全に絡まってしまい、半泣きの体で身をすくめていると、ゼラが悶《もだ》え震える様子を愛《め》で楽しんでいたレナードが、吹き出し笑いながら服を抜き捨ててしまう。

「ひゃっ……！」

暖炉の熱と敷かれた毛皮が素肌に触れた途端、変な声が飛び出てしまい、恥ずかしさで頭が茹《ゆ》だる。

声も出せず真っ赤になって震えていると、しょうがないなと言いたげな仕草でレナードがゼラの鼻先に唇を触れさせる。

「あんまり可愛いところを見せつけてくれるな。……正直に言うが、俺だって初めて女を抱くんだ。できるだけ丁寧にと考えていても、理性が飛べば荒くなる」

痛くさせるようなことはしたくないんだ、と照れくさそうに言われ、少しだけ心が軽くなる。

自分だけが初めてではない。二人で、一緒に知り合っていくのだ。

人としては、聖騎士と魔女と、越えられない身分差のある二人だが、気持ちの上では同等だとわかった途端、緊張と恐れが退いていく。

同時に、わくわくするような、それでいてちょっとだけいけないことをするような、童心に似た衝動が頭をもたげだす。

手を伸ばし、自分がされたのと同じようにしてレナードの頬を包んで撫で回す。それから、少しだけ大胆に髪をかき混ぜ、合間に触れるだけのキスを唇や額に落とす。

その都度、うっとりと眼を細め、ゼラの望みのままに身を捧げるレナードに、どんどんと愛《いと》おしさが増してきて手は首から肩、腕とより広く触れる範囲を広げていく。

レナードだって、もう、されるままになってはおらず、身体の輪郭をなぞるようになで下ろし、返す手でそおっと乳房を包み込む。

自分以外、誰も触れたことのない部位に異性の手があると知覚した瞬間、体中の血潮が一気に熱を持つ。

「あっ……！」

うろたえた声を上げ、身を震わすと、優しく唇をついばみながら、レナードは乳房を手に包んだまま静かに揺らす。

まるで熟れた桃にでも触れるように、慎重に、丁寧に指を絡め、柔肉の感触を楽しんでいた指先は、ゼラが抵抗せず受け入れることに気をよくしながら力を増す。

唇で勝手気ままに鎖骨や喉元、肩とキスする場所を変えながら、乳房の根元から先端へと向かい指を絡ませ、先で色づく尖端を目立たせる。

卑猥《ひわい》な形に歪《ゆが》められた胸と、そこから滲む甘く痺れるような刺激にゼラが戸惑い目を潤ませても、レナードはただ微笑むだけで指の動きを止めたりしない。

「困っているのも、怒っているのも、全部が愛らしくて仕方がないな……」

楽しげにそう言われても、未知の反応に翻弄される身としては喜べない。

肌が過敏になっている。暖炉の火で炙《あぶ》られているからではなく、身体の内側から熱が生み出されていく。

手足どころか産毛までもが震え感じているようで、男の息づかいがかすめるのにも身体が疼く。

肌は朱に染まりきり、心臓が恐ろしいほど早く波打っている。

やわやわと揉《も》み込まれるごとに乳房が張り詰め、重みを増していくことで自分の身体が女へと変化していることを知る。

突如として空気が揺らぎ、あっ、と声を上げた時には膨らみ熟れていた乳首が、男の指につままれていた。

まるくぷっくりとした感触をそのままに、まるで指紋を擦り付けるようにしながら捻《ひね》られ、ゼラは背を跳ね浮かす。

びいんとした疼痛《とうつう》が胸の先から波紋となって、身体の隅々まで行き渡る。

硬く充血したそこは思いのほか敏感で、わずかな力の変化にも愉悦を覚え、慣れぬ処女の身体を翻弄する。

「ふっ……く、ぅ……んんんっ……！」

きゅっ、きゅっと絞るようにされるごとに、媚びた鼻声が漏れるのがいたたまれず、必死で口を閉じていると、レナードは挑発するように爪先でそこを強く弾く。

「あひっ……ッん、ぁ！　やぁ……も、声……でちゃ」

嫌々をする赤子のように頭を左右に揺さぶると、感じいった男の声が耳元で囁く。

「もっと声を出していい。見たいんだ。ゼラが可愛く乱れて、感じる姿を」

そう言われても恥ずかしいことに変わりはない。無理だと告げるように眼をきつく閉じる。見えなければ少しはましに思えたからだ。

けれど相手のほうがゼラより上手で、囁いた先から舌をつうっと耳殻に沿わす。

「ひぁっ……んっ、ンあ……、あ」

胸を弄《いじ》られるのとは違う、もっと生理的で生々しい感触にぞわっと背筋の毛が逆立つ。

普通であれば不快さを示す反応なのに、どうしてか逆立った側から毛穴が開きそこから滲むような快が生じる。

は、は、と口を開いて舌を出し、背骨伝いに音を伸ばす快感に震えていると、今度は胸の先に爪を立てられ高く乱れた嬌声《きょうせい》を吐く。

「ああっ、あ、んん、あああ……！」

背を反らし、捧げるように胸を突き出し、頂点で震える乳嘴を爪でいじめられては、身をたわます。

わななく身体に合わせて乳房が揺れ、太股《ふともも》までもがふるふると震えるが、気にする余裕はすでにない。

快楽の波に攫われ哀れに溺れるゼラに煽られてか、レナードは絶え間なくこめかみにキスをし、輪郭を舐め、反らした喉に牙を立てる。

奔放に響く甘声が恥ずかしく、せめてもと唇を引き締めると、放ち逃せない淫らな感覚が身体の奥でわだかまり、下腹部をひどく疼かせた。

感じすぎる身体が怖くて、ゼラは自分を抱く男へ視線を送る。

すると、彼はくっと喉を鳴らした後で、胸の上にある女の淫蕾に強く息を吹きかけた。

「ふぅっ……ん、ぅッ」

触れられるのとは違うもどかしい刺激に、身を震わせれば、意地悪な男が強弱を変えて吐息を送る。

震え、身を縮こめ堪えていたが、永遠というわけにはいかず、ついに筋肉が痙攣《けいれん》して、ゼラはやり返すようにしてレナードの頭を捕らえ胸に押しつける。

「ふ……、柔らかい」

ふにっと胸の間に顔を挟まれ、妙に嬉しそうに言われしゃくに障る。

自分はこんなに乱され、困惑しているのに、レナードの落ち着きといったら！

真っ赤になって、眼を潤ませて、そのまま息苦しくなってしまえとばかりに、ぎゅうぎゅうと頭を抱いて胸の谷間に沈め込んでやる。

合間に、馬鹿、馬鹿ッと口走りなじるが、それが照れ隠しなのはどちらにもわかりきっていた。

「……は、ゼラはどれだけ俺を煽るつもりなんだ」

恋人が見せる、幼く意地っ張りな抵抗をひとしきり楽しんだのか、レナードが獣の動きで頭を振りしだき、苦笑しながら身体を起こす。

散り乱れた髪が瞳に掛かり、双眸《そうぼう》が陰る様子にドキリとする。

そこにいるのはもう、聖騎士でもなく、男でもなく――つがいを定めた雄だった。

「触るだけじゃ、全然足りない。……全部を食べてしまいたい」

比喩ではなく、本気と聞こえる声色に煽られ、被虐の快感で全身がぞくりと興奮する。

息を詰め、男が己の身体を視姦するのを見守っていたのも束の間、震える喉に急かされて、引き結んだ唇を開いた途端、獣となった男が襲いかかってきた。

頸動脈《けいどうみやく》を甘噛みされ、甲高い悲鳴を上げながら震えると、次の瞬間には、鎖骨を舌で辿られる。

ぬるりとした舌の動きに気をやれば、慣れさせまいと柔肌を吸われ、乳房や腹に赤いうっ血の痕が残される。

肘の内側から耳の裏側まで、あらゆる部位を味わいながらも、敏感に勃ち震える乳首だけが避けられる。

身体の中で媚熱が渦巻き、ずくずくと足の間が脈動しだす。

鎖骨、乳房の横、腹部から脚の付け根。指。

レナードの触れる場所、口づける場所がことごとく甘く痺れ、疼き、蕩けていくけれど、一番反応がひどいのは、触れられてもいない乳嘴だった。

喘ぐごとにむずがゆい刺激に囚われ、胸の双丘が揉まれ揺れると淫靡な熱が高まり灼ける。

とてつもなくじれったい。我慢していたが長くは持たず、眼を潤ませにらみつければ、レナードは淫蕩《いんとう》な笑みを唇に刻んで、顔を乳房に近づける。

膨らみの麓《ふもと》に一つ、柔らかな丸みに一つ。順番に触れるだけの口づけを落とす。

色づく蕾の根元にそっと、祈るようにして吐息をかけ、――裏切る淫らさで唇を開く。

伸ばされた舌先が膨らみきった胸の尖りに触れ、濡れた熱に鼓動を止めると、次の瞬間、根元から先まで咥《くわ》えられていた。

「あああっ、あ……！」

まるで自分からもっととねだるみたいに、背骨がきつく湾曲し、レナードの鼻先が乳房に沈む。

反りすぎた腰が痛み疼きだすのに眉を寄せると、心得た動きで男の手が支え抱き寄せる。

上半身だけ床から浮かかす形で抱かれたまま、尖った乳首を強く吸引される。

じんじんとした痺れに悶え、打ち震えると、さらに激しく咥えこまれ、硬くなった先が飴玉《あめだま》みたいにしゃぶり転がされだす。

生々しい粘膜に包まれた胸の先から、愉悦が媚薬《びやく》のように肉に染み入る。

そうやってゼラの性感を口腔《こうこう》で舐め味わいながら、レナードは腰を支えていた手を下へとずらし、臀部《でんぶ》を強く鷲掴《わしづか》む。

腰が浮く不安定さに手を伸ばし、自分を抱こうとする男にすがる。

すると指先から温《ぬく》もりとともに、心地よいなにかが伝わってきて、ゼラはおもわず息を呑む。

触れられるのと同じぐらい、触れるのが気持ちいい。

肌と肌を合わせる歓びを知った指が、思うままに男の身体を辿りだす。

硬い骨格を覆うなめらかな肌、張り詰めた筋、綺麗な首筋の途中で大胆に隆起する喉仏の硬さ。

ただ触れているだけなのに、息がどんどん急いていく。自分より大きな身体、熱い体温、呼吸ごとに上下する肩。どれ一つ取っても魅力的過ぎて、触れて感じて己の記憶に刻んでしまいたいという欲が、際限なくゼラの中で膨らんでいく。

そのうち指では足りなくなって、頬や額を肩や胸板に擦り付けてしまう。

惚れた女の甘える仕草に反応しない男はいない。まして、使命の為にずっと恋心を隠し抑えた相手だ。

レナードは夢中でむしゃぶりついていた胸から唇を外し、喉を反らして色に喘ぐ。

「っ……ぁ」

愉悦に震える男のかすれ声に、子宮がずんと強く疼いた。

恋人を感じさせられた誇らしさが、大輪の花となって胸に広がり、脚の間がじんわりと熱を持ち、温かく滑らかなもので湿る。

汗でもない、小水でもないそれが、男を受け入れようとする女の印だと、濡れた肌のぬめりで気付く。

ゼラの拙《つたな》い愛撫に身を任せながら、右に左にと胸を味わっていた男の唇が、少しずつ丘陵を下りだす。

なだらかな曲線を描く腹部をついばみ、へそのくぼみを舌でくじり、時折、気まぐれに腰をかじる。

「はっ、は……ンはぁ、あ」

行為ごとに、声を上げ、身をしなやかにくねらせつつも、ゼラの手は男の肌を恋しがり、一秒たりとも離れず辿る。

淫らな探り合いに夢中になるばかりに、自分を抱く男の急激な動きについて行き損ねた。

「あっ、あ、まっ……あっ！」

漏れ出す愛蜜を留めようと、知らず寄せていた太股に指がかかり、肉に沈むほど強く掴まれたかと思うと、返す動きで大きく開かれる。

湿り陰っていた部分が一息で空気にさらされ、うろたえるままに声を上げると、ゼラの驚きを代弁するように暖炉の薪が、ばちりと弾けて崩れ落ちた。

いつのまにか蠟燭が尽きたのか、薄暗くなった小屋の中で二人がいる場所だけが赤みを帯びた光に照らされている。

鼓動の乱れに沿うようにして、暖炉の火が揺らぎ形を変えるたび、身体の陰影が浮き立つ。

肉体の違いを見せつけるように、火影《ほかげ》によって強調された女の乳房や男の肩は、滲む汗によって鈍く輝き、互いの目に神秘的なものとして刻まれる。

言葉もなく、ただ、陶然と見とれながら思う。愛おしい。欲しい。なにもかもを。

それはレナードも同じなのか、息を殺し、喉を隆起させながら唾を呑みながらも眼はどこまでもゼラだけを見つめ、乞うていた。

伸ばされた男の手が、神聖な女神に触れるようにしてゼラの肌へと下り、形をなぞりながら性の繫がる場所へと至る。

あられもなく開かれた股間を隠す下着に指をくぐらせると、身悶えるうちに緩んでいた横のリボンがほどけはらりと落ちる。

黒く艶《つや》めいた陰毛の茂みを揺らし、男の指が女体でもっとも柔らかな恥部の肉をそっと包む。

はっと息を呑みゼラが上体を起こしたのと、レナードの親指がほころび始めた割れ目を押したのは同時だった。

くちゅりと、淫らな水音を立てて陰裂が左右にくつろげられる。

「や……ぁ」

自分でも容易に触れない場所を見られるいたたまれなさに震えるが、抵抗と言うにはあまりにも甘い声だった。

「……信じられないな。こんなに、美しいものだなんて」

うっとりとした男の声色に身悶える。知らない場所を暴かれた衝撃と、見えないものを見られる恥ずかしさで頭が爆発してしまいそうだ。

「濡れて、紅《あか》く艶めいて……。こうして吐息が当たるだけで……ぴくぴく反応してくれる」

顔が今までにないほど火照り赤くなるのを感じ、ゼラは両手で覆い隠す。

「もう、やだ……ぁ。言わなくて、いいから……見なくても、いぃ……ッ」

「そんなわけにもいかないな。……傷つけないよう、痛まないよう、たくさん知って、ほぐしてやらないと」

舌なめずりの音と共にされた予告が、腰の奥にずうんと響く
初めて露《あら》わにされた淫花だ。声が伝わるだけでも気になってしまう。

ゼラが感じる様子が嬉しいのか、腰をよじり太股で頭を挟み抵抗しているのに、レナードは構わずそこへ

と息を吹きかけ続ける。

卑猥な刺激にひゅっと喉を鳴らし、我慢しようと腹筋に力を込めると、締まった膣《ちつ》からたらたらと愛液がこぼれだす。

知らない花の匂いが二人の間に漂う。

白く可憐《かれん》な茉莉花《ジャスミン》に似た、甘くて濃厚な香りだが、植物らしいみずみずしさは失われ、煮詰めた糖蜜に似てねっとりとまとわりつく官能的な艶が鼻腔に残り、胸を騒がす。

——女の匂いだ。

気づき、はっと目を大きくした時、花に誘われる蝶《ちょう》の動きでレナードがそこへ唇を寄せた。

蜜路の周囲が指で押し広げられ、かろうじて合わさっていた陰唇が柔らかに開く。

薄く、鮮やかに色づいた肉の襞《ひだ》が、空気を感じて震えた瞬間、待ちかねた動きでそこに口づけが触れ落とされる。

先初めの薔薇にするように押し当て、好きだと囁き伝える一方で、レナードは指であふれる蜜を掬って膣口に塗り込める。

焦れったいほど時間をかけて秘処を舐め、吸い、丹念にほぐす舌の動きから、レナードがゼラをいたわり大事にしたいと考えているのがわかる。

欲しいだけであれば穿ち奪えば済む話を、あえて我欲を抑え、破瓜《はか》の痛みを少しでも感じさせまいとするのは、この行為が一時の情熱でもこれきりのことでもなく、ずっと続けたいと願うからだと身体を使って教えられる。

側にいたい。ずっと、つがい、永遠に過ごす者として。

願い祈るように愛撫を重ねられるうち、羞恥や戸惑いの中から、愛おしさを伴う快感が芽吹きだす。

身体の中で媚熱が渦巻き、足の間がずくずくと脈動する。

胸は切ないまでの恋情に震え、指は自《おの》ずと男の髪をかいくぐり、頭を優しく撫でいたわる。

丁寧にほぐされ、指の存在に慣らされた入り口から、絶え間なく蜜音が聞こえ出すと、入り口をなぞり揉むだけだった男の指が、慎重な動きで中へ埋められだした。

「あ、あ……うぁ……んっ」

ぬめりを帯びた長い指が、未開の蜜窟へ入り込む。

初めて知る異物を押し返そうと中の襞がきつく締まるたびに、侵入を止め、じりりと退いて——女の呼吸が落ち着くと、またゆっくりと奥処《おく》を目指す。

隘路《あいろ》は狭く、処女らしい怯えに強ばっており、指節の硬さや呼吸ごとに角度がずれることさえ意識してしまう。

できるだけ楽に受け入れられるよう、はーっはーっと息を長く吐き出し目を閉ざすゼラの頬に、ひたりとなにかの滴が落ちた。

涙に似た感触に驚きまぶたを上げれば、切なげに顔を歪め、息を殺すレナードの額に汗が浮いていた。

「中が、きついな……。辛いなら……もう」

自分のほうが辛いだろうに、それを差し置き自分を気遣われ、ゼラの心がすべてを許す。

「大丈夫。……大丈夫。好き。好きだから。全部、ちょうだい？」

考えることもなく、感動のままに心を差し出す。

貴方が好きだと、知りたいと。二つで一つになる奇跡を叶《かな》えようと手を伸ばし抱く。

ようやく根元まで埋めきり、ゆったりと中を掻き回していた指が一度だけ止まり、それから蜜口へと引き抜き、また奥処へと戻す。

まるで凪《な》いだ海のような穏やかな責めが重なるにつれ、痺れるような悦《よ》さが媚肉に広がる。

粘ついた滴が敏感な粘膜から尻へと滴り、期待と興奮が身体にみちて、先を知る本能が腰をもぞつかす。

そうなるともう、指の動きは抜き差しだけで終わらず、螺旋《らせん》を描くようなひねりを加え、柔らかく充溢《じゅういつ》しだした襞をまんべんなく刺激しながら、愛撫の激しさを増していく。

中間にある丸くしこる部分に触れられると、脳天まで悦楽が突き抜け、一瞬、記憶が飛んでしまう。

内部の変化を楽しむように出し入れしていた指は、だけどゼラがぶるりと腰を揺らす場所を見つけた途端、そこばかりを押し始める。

「ん、あっ……あああっ！　あ、はうッ……ン！」

快感が強すぎる。

指が触れるごとに秘筒がとろけ、あきれるほど多くの蜜が奥処から流れだす。

もう脚の間どころかレナードの手までもがぬるつく液で濡れそぼり、暖炉の火で炙られてなお乾くいとまがない。

大げさすぎる身体の反応がはしたなく感じられ、ゼラは身をよじり、男の愛撫から一旦逃れようとしたが無駄だった。

すぐにレナードの手指に追いすがられ、逃げたおしおきと言いたげに、親指であわいの上部を探り押される。

肉丘としげみに隠されていた淫芯に男の指先が触れた途端、骨の髄まで響く強烈な愉悦に穿たれた。

「ンあっ……！　あーっ！　ああっ、や、ああっ！」

放埒《ほうらつ》にあえぎをこぼし、ただただ欲望に呑まれまいと自身を抱く男にしがみつく。

腰も太股ががくがくと震えてどうにもならない。

剥き出しの神経に触れられたように、快楽が甘い責め苦となってゼラを捕らえ溺れさす。

身体をくねらせ、助けを求めるように喜悦を与える男の名を呼ぶ。

「あ、ぁ……、やぁ、それッ、強すぎ……レナード！　レナぁ……ド」

甘く蕩けた声が響くたび、小屋の中の空気が淫靡に変わる。

暖炉で照らされた男の顔は精悍《せいかん》さを極めており、瞳には火影と劣情が交互に揺らぎ輝いていた。

はっとするほど艶めき色気がかった男の顔に見入っていると、奪うように唇が重ねられた。

嘔吐《えず》くほど深く舌を差し込まれて息苦しい筈なのに、鼻腔から漏れる声音は甘く爛《ただ》れ、陰肉は媚悦に煮溶けながら、柔らかく男の指を包み込む。

卑猥な音を立てながら口腔も蜜窟もぐちゅぐちゅとかき回され、なにがなんだかわからない。

それなのに、男の指は膨らみきって過敏となった陰核を捕らえ、指で丸くなぞったり、ひたひたと叩いたりと弄び、さらなる快感の高みへと意識を攫い飛ばそうとする。

残る手だって遊んではおらず、弾む乳房に指を絡め掴み、思うままに形を変えながら揉み捏《こ》ねる。

絶え間なく心地よい衝撃に翻弄され、背も腰も不随意に跳ねてはたわむ。

膣口がひとりでにすぼまり、少しでも深く指を奥処に引き込もうと痙攣しだす。

「ひあっ……あ、や……んあっっ！」

激しすぎる快感に唇をほどき喘ぐ。

がくがくと腰が震えて仕方がない。脚の指がぎゅっと折れ曲がり、膝が勝手に男の腰を挟んで引き寄せる。

「くぅ……ん、は……あああああっ！」

絶頂の瞬間が訪れ、閉ざしたまぶたの裏側で光と闇が目まぐるしく入れ替わる。

思考は白濁し、打ち上げられた魚のように全身がのたうった。

心地よい衝撃に震える女体をわななかせ、浅い呼吸を繰り返していると、汗ばみながら密着していたレナードの身体が静かに離れた。

「ん……やっ、ぁ」

気怠《けだる》さをこらえ、レナードの身体へと腕を伸ばせば、彼はゼラの手の甲から額と順番に接吻《せっぷん》を落とし、穏やかに笑う。

「大丈夫だ。離れはしない」

衣擦《きぬず》れの音をたてながら、レナードはさりげない動きで下衣を脱ぎ捨てた。

それから荒っぽく髪を振り、は、と大きく息を吐きながら、ゼラの脚の間に置いていた腰を進める。

秘処全体に剛直をあてがわれ、ゼラの身体がびくんと跳ねた。

熱くて硬い。そしてびくびくと激しく脈打っている。

繊細な部分同士が触れあっているからか、相手の屹立《きつりつ》が張り詰める様子までわかってしまう。

戸惑いと不安が渦巻き、すがるような目を相手に向けると、あやすように何度か触れるだけのキスを繰り返される。

「好きだ。……好きで好きでどうしようもない。離れたくない」

素直な気持ちを吐露しながら、レナードは濡れ綻ぶ花唇に己をあてて、蜜をたっぷりと擦り付ける。

張り出した尖端と幹となる部分の段差でこりこりと媚芯を刺激し、さらなる愉悦を予感させながら、焦ることなく、ゼラの気持ちが整うの待ちながら腰を、胸を、全身を、猫のように擦り付けねだる。

——繋がりたい。愛したい。深い深い、誰も行き着いたことのない場所で。

言葉ではなく、身体で誘い甘えられるうちに、怖い気持ちも緊張も解けていき、ゼラは伸ばした腕をレナードの首筋へ投げかけ微笑む。

足首から太股までをするりと撫でられ、それから入り口がみちみちと拡《ひろ》げられだす。

いくら媚汁のぬめりを借りていても、指とは比べものにならない質量に、おもわず膝を閉じかける。

だが、聖騎士として鍛えられ引き締まったレナードの身体は、女の力で止まるものではない。

もどかしいほどゆっくりと息を吐き、慎重に時間を掛けながら処女地が穿たれていく。

嵩高《かさだか》な亀頭の部分が蜜口を通り抜けた安堵に息を漏らした時、今までかけた時間を裏切る早さで屹立が一息に奥処まで差し込まれた。

「ああっ！」

ずうん、と重怠さが腹の奥から全身へと走り、余韻が疼痛となって手足を痺れさせる。

破瓜の痛みより、自分を内部から圧倒する雄の質量が苦しくて、舌を伸ばし息を継いでいると、苦しげに顔を歪めたレナードが肘を折ってゼラに額を当てる。

「……大丈夫か」

情欲にかすれた低い声が鼓膜に届く。そんなささやかな刺激でも今の身体には強すぎて、繋がる腰が喘ぎじみたわななきを示す。

痛みと熱と穿つ硬さと、すべてが渾然《こんぜん》となって心をかき乱し、背筋が三日月のように反る。

そうすると今までよりさらに奥処に肉竿をくわえ込んでしまい、最奥にある子宮口が圧迫された。

突然生み出された一体感と包み込むような愉悦に、ゼラは陶然としてしまう。

「あ……は……」

ようやく呼吸が楽になり余裕が生まれると、最初に、ひたむきな目で自分を見つめる恋人と視線が合う。

「痛く、ないか」

自分だって初めてだと言っていたくせに、ゼラばかり気遣い大切にしようとするのが嬉しくて、心が震え、喜悦の涙が頬を濡らす。

「レナード、は？　だいじょ、ぶ？　痛くない？」

手を伸ばし、頬を包み込み相手を労《いたわ》る。

なにかを耐えているのか、レナードの眉間の皺《しわ》が深い。

震える指先で、刻まれた皺をそっと撫でてうかがえば、仕方ないなと言う風情で頭を振られた。

「痛いどころか、悦《よ》すぎてどうすればいいのかわからない。熱くて、蕩けて……好きな女とこんな風に繋がれて。今なら死んでも悔いはない」

レナードは荒い呼吸をそのままに、ゼラのまなじりから伝う涙を悪戯するように舌先で舐め取り、笑う。

「幸せだ。………だけど、そろそろ動きたいな」

そっと囁き、埋めた肉楔の先でとん、と子宮口を突かれる。

途端に愉悦が体内ではじけ、ゼラはぎゅうっと恋人にすがる。

「うん、いいよ。いっぱいして」

意味もわからず、でも、まだずっといいところまで二人で行けそうな気がしてそう言うと、こいつ、とレナードが大きな溜息を落とす。

「煽りすぎだ。どうなっても、知らないからな」

宣言するなり、大きく腰を振るい屹立を引く。

だけど完全に抜け落ちる前に押し穿ち、律動的に媚肉の中を刺激する。

「あ、あ、ああん……んぅぁ……ンンンぅ！」

男根で一突きするごとに淫らに絡みだす蜜襞を振り切るように、ギリギリまで抜かれ、穿たれる。

虚脱感と充溢感に交互に翻弄され、ゼラは声を上げ続けた。

凶暴なほど硬くなったもので中を拓《ひら》かれると、頭の芯がジンとしびれ、意識がほどけだす。

理性も外聞も恥じらいもなく、ただただ本能のままに身体が相手を求めていく。

もっと奥処に、もっと力強く、誰も辿り着けなかった場所まであなたにあげる。

思ったのか、口走ったのかわからないまま、淫らに腰をくねらせ喘ぐ。

二人の動きはやがてかさなり、美しい旋律のように調和し快楽を生む。

我を忘れて己を求める男が、目をすがめて吐精をこらえ求める様子は、この上なく色っぽくて気をそそる。

このままずっと二人で繋がっていたいと心から願った瞬間、立てていた膝が大きく割られ、きしむほど開かれた鼠径部《そけいぶ》に腰が激しく打ち付けられる。

いままでにない激しさで局部が密着し、溢れた愛蜜がしぶきとなって散る。

「んんぅあっ、あああっ、あーっ！」

あられもない達し声を響かせ、後頭部を床に擦り付けながら背を浮かす。

子宮の入り口が、雄根の先を包み込み、ねだるように吸引した。

びくびくと痙攣しながら舐めすする動きに、レナードの雄根が屈服する。

「ゼラ！　ゼラッ……ッ！」

名を叫び、腰に力を込め、女体が浮くほど強く何度か突き上げた。

そのたびに絶頂が上書きされ、気が遠くなるのに、がくがくと揺さぶられて意識が戻る。

なにもかもわからない。ただ、繋がる場所だけが正しくて、これが大切なのだとお互いが呼吸を止めた瞬間、膨張しすぎた剛直が内部で弾け、滾《たぎ》る白濁が内部に吐き出された。ゼラは幸せの中で意識を混濁させる。

一拍遅れて、吐精したレナードが肘を折り、感謝するように愛する女の額や頬に口づけ、汗の滲む身体を優しく抱き寄せる。

その女の薬指で、古びた指輪に淡く藍色じみた光が灯り、二人の気持ちに呼応するように明滅しだしたことなど、知る由もなかった。

第五章

鳥のさえずりと、小屋の隙間から入り込んだ冷たい空気で目を覚ます。

素肌を包む敷布《しきふ》のぬくもりと、気怠い余韻に浸りながらゼラは傍《かたわ》らを手で探る。

あの後、力を使い果たしぐったりと弛緩《しかん》するゼラの身体を拭き清め、ベッドへ運んだレナードは、横で肘をついたまま、飽きることなくゼラを見つめ、時には枕に散る黒髪を掬い、口づけながら時を過ごしていた。

だから当然、目覚めた今も側にいると手を伸ばしたのだが、触れる筈の熱い肉体はそこになく、乾き冷えた布の感触だけが指に返る。

（えっ……）

手応えのなさに息を詰め、まどろみ閉じかけていた目を見開けば、視界いっぱいに鮮やかな色彩が広がっており、驚かされた。

鈴のような花房がたわわに咲き開く紫や桃色のヒース、赤みを帯びたオレンジ色をした野生の秋薔薇、雪玉と呼ばれる白い小菊。

豊かな実りを象徴する暖色を中心に、全体を引き締めるのは野苺《のいちご》と蔓苔桃《つるこけもも》の紅い実で、悪戯のように照り光るどんぐりが葉陰に隠されている。

冬へ向かう森の中、どうやってこんなに多くの色彩を集めてきたのかと呆れるほど、大きくて優しい色合いの花束にまばたきしていると、頭上から忍び笑いが落とされた。

「おはよう。……よく眠っていたな」

花束の中から、一際美しく咲いていた野薔薇を抜き取り、朝露を含んだ花弁でゼラの頬や唇をくすぐり遊びながらレナードが微笑む。

「……散歩、していたの？」

寝坊していたのが気まずくてシーツを引き上げて顔を隠せば、薔薇の花は顔から耳の縁へと移動し、瑞々しい香りを放ちながらゼラの肌を柔らかくなぞる。

「ゼラの寝顔を見て居たら、どうしようもなく愛おしくなって、もう一度抱きたくなってな……。頭を冷やすために少し歩いていた」

くすぐったげな表情をしながら、彼は寝台の端に腰掛けたままゼラの頬に口づけを落とす。

「だけど、寝覚めに探されるとは思わなかったな。そんなに寂しがらせたか？」

束の間の不在をわびる口調のわりには、どこか嬉しげな様子で問われ、まるで子ども扱いされている気がしてゼラは唇を尖らせる。

だけど、違うと突っぱねるにはあまりにも、相手の視線が甘すぎて。

えいっと恥ずかしさを蹴飛ばし、素直に認める。

「寂しかった。……花束は嬉しいけれど、目を覚ました時に、レナードが一緒にいてくれるほうがもっと嬉しい」

歯が浮くようだ。頬どころか耳まで熱い。

柄《がら》にないことを言い過ぎたかと寝返りを打ってレナードの方を向けば、彼のほうはゼラよりもっと赤い顔をして、口元を手で覆っていた。

「ひどいな、それは」

呻くように言われ、やっぱり似合わないのかと眉を寄せると、そんな表情もたまらないとキスされる。

「やっと甘えてくれたかと思えば、可愛すぎだろう。なにもかも。……折角《せっかく》、少し落ち着いたのに、もう、抱いてめちゃくちゃにしたくてたまらない」

どうしてくれるんだ、と嘆息されても、仕掛けてきたのはレナードのほうだし、男の生理的な事情もまだよくわからない。

だから素肌にシーツを巻き付けつつ起き上がり、伸びをする猫みたいにして彼の唇をかすめ奪う。

ちゅっ、とついばむ音がしたと同時に男の目が見開かれ、唖然《あぜん》とした表情となる。

自分を翻弄してばかりの恋人にやり返せたのが嬉しくて、くすくすと笑いをこぼしていると、こいつめと額を弾かれ手首を取られる。

花束がシーツの上に落ち、開いた花弁のいくつかが散ってゼラの黒髪に絡み彩《いろど》りとなる。

押し倒されて、キスされて、キスし返し、子どものように戯れていると、古い木のベッドが大きくきしみ、驚いた庭先の鶏がけたたましく鳴く。

そんなこと、一日に何度だってある話なのに、どうしてか今日はおかしくて、二人揃って涙が滲むほど笑い転げてしまう。

幸せだ。――心から感じ入っていれば、レナードが思い出した様子で身を起こす。

「そうだ。湯を沸かしていたんだ。……昨日は少し激しすぎたから、浸《つ》かれば楽になるかと思って」

紳士とはとても言いがたい余裕のなさで激しく求めたことが照れくさいのか、レナードは変な饒舌《じょうぜつ》さでそう告げる。

言われれば、股関節や腰がきしんで疼いている。脚の間にもまだなにかはまっているようで――違和感で昨晩の痴態を思い出したゼラは、上の空な返事しかできない。

「う、うん。……ありがと」

「俺こそ。嬉しかった。いや、今でも嬉しいぞ。ゼラが側にいてくれて」

本人にとってはなんでもない、素直な感想なのだろうが、あまりにも笑顔がまぶしくて、声が優しすぎて、起きたばかりなのにクラクラしてしまう。

早く逃げなければ、骨までぐずぐずに溶ける気がして寝台から足を下ろそうとするが、爪先が床に触れるより前に腕に抱き上げられ、そのまま浴室まで運ばれる。

身体を洗うのまで手伝いたがるレナードを、なんとか扉の向こうへ追いやり、巻き付けていたシーツを緩めたゼラは、寸手の処で悲鳴を呑み込む。

乳房といわず脇腹といわず、果てには足の付け根のきわどい部分まで、至る所に男が付けた口吻《こうふん》の名残がある。

淫靡な花弁のように紅く鬱血《うっけつ》した部分に目をやった途端、切ない疼きがそこから広がり、ゼラは自分が女として愛する男と番《つが》ったことを思い知る。

腕に散る痕を指で撫でながら、これでは誰の目にも昨晩の情事が明らかではないか、こんな森の中、見る他人などいないのにと男の独占欲と執着に呆れていると、他人はいないが、骨はいたことを思い出す。

（……スケさんを牽制《けんせい》するためなら、絶対やりすぎ！）

憤慨するも、気分はそう悪くない。

温まって血行がよくなれば、少しはましになるかもと湯桶の蓋板を取ったゼラは、二度目の悲鳴を呑み込まされる。

豊かに蒸気が上がる湯面いっぱいに、秋薔薇の花が浮いている。

しかも、花の合間から覗く湯が白いことや、立ちこめる芳醇《ほうじゅん》な香りから、軟膏に使った残りの薔薇油や香草を詰めた木綿袋の入浴剤まで使っているのがわかってしまう。

開いた口が塞がらないまま立っていたゼラは、だけど、こうして一生懸命に自分に尽くし、労ろうとするレナードの気持ちにほだされ、くすぐったい嬉しさと幸せに満たされながら湯を掬う。

「あ……、手が」

浮いた花びらを見つめるうちに、刻まれていた古傷が薄くなっていることに気付く。

どういうことかと考え、ゼラは小さく声を上げた。

――寝ている間に、レナードが癒やしの呪文をかけてくれたに違いない。

夢うつつの時に、何度も繰り返し掌に口づけては愛の言葉じみた囁きを残していた。

思わず湯に飛び込み、頭まで浸かってしまう。

温かい水の中で胎児のようにうずくまり、恥ずかしさを気泡にしてぶくぶくと口から漏らしながらゼラは、息が続く限り潜り続け、そうしてようやく浮かび上がる。

花と香りが濡れ髪にまとわりつくが、そんなことはもうどうでもいい。

指から足先まで真っ赤なのは、息苦しかったせいだと自分に言い聞かせ、落ち着こうとするけれど、やっぱり上手くいかなくて、ずっと心臓がどきどきし続ける。

――この手が好きだと言ってくれた。傷をつけても人を守る優しい手だと。美しいと。

だけどゼラが気に病むなら、それさえも思い出だけに残し、消してくれようとする彼の優しさに、どう報いればいいのかわからない。

恋しい、愛しいだけではとどまらない思いに浮かされ、ゼラはのぼせるほどに湯に浸かり考える。

(彼の為にできることがなんなのか、今はよくわからないけれど、これから向き合い、日々を重ねる中でちゃんと考えていこう)

二人のありかたを。どういう未来を歩むかを。

「でも、とりあえず、あまり甘えないようにしよう」

ともかくこれはやりすぎだと苦笑しながら、ゼラは石けんを手に取り鼻歌交じりに身体を洗う。

だが、そんなゼラの希望を裏切るように、レナードは風呂上がりにも相変わらず世話をやきたがり、丁寧にゼラの髪を梳き乾かしては、果物をふんだんに使った朝食を並べと、日がな一日中、甘やかし続け、ゼラが恥じらうのを心から愛で楽しんだのは言うまでもなかった。

すべてが流転《るてん》し始めたのは、ゼラが住んでいる森に初雪が降った翌朝だった。

夜半過ぎから降り始めた白い雪は、積もることなく明け方に止んで、村の外れから小屋に続く細い通り道をいたずらにぬかるませただけで終わる。

昨晩、ゼラとレナードと、そしてスケさんと、おのおの香草茶やパイプを片手に大きな結晶が綺麗だの、今年の冬はあまり積もらないといいなどと話し和んだのが嘘のように、空は青く冴え渡り張り詰めた冬風が木々を揺らす。

強すぎる空気の流れに髪を散らし乱されながら、ゼラが畑からかぶとジャガイモを抜いて裏口から台所へ戻ると、小屋の表にある庭で馬がいななく声がした。

レナードの白馬かと聞き流しかけるも、別の方向から同時にいななきが聞こえ、違う馬のものだと気づいてしまう。

胸をよぎる不安を抑えながら、昼食用に抜いてきた野菜を流しに置いて、ゼラは足音を忍ばせ居間へと急ぐ。

窓辺に近づくのに合わせて身を屈め、家具に隠れるようにして扉へ近づくと、先に忍んだスケさんが膝を抱えるような格好で座り込んでいた。

声をかけるより先に気がつかれ、骨の指をそっと口元に当てられればもうわかる。

――また、領主の館から騎士が来ているのだ。

薄く開いた木戸の隙間から覗いて、それが正しいと確認したゼラはスケさんと同じように膝を抱えてしゃがみ込む。

庭へと続く小道の脇から、葦毛《あしげ》の馬首が見え隠れしている。

人の姿はもっと奥にあるのだろうが、枯れ枝で隙間が多くなった森に差し込む日差しのせいで、道に二つの影が伸びていた。

どちらも頑強で、鍛えられている騎士とわかる輪郭で――だから、それがレナードと領主の館から来た遣いの騎士だと目当てがつく。

鶏小屋は開いているけれど、雪が降ったせいで寒いからか、いつもは騒がしい一団も小屋の中にこもりきりで鳴きもせず、だから男たちの話し声だって、切れ切れではあるがゼラのいる場所まで届いていた。

王都、魔物、王太子ヴェアンと聖女リリーサの婚礼延期、そんな世間話に混じり、黒魔女、噂とゼラに関する単語が変に気遣わしげな調子で発される。

どれもレナードの声ではない。遣いの騎士だ。

(せめて春までは、と思ってたけれど。そうは上手くいかないよね)

中腰で座っているのもきついのか、ぺたっと石床に腰骨をつけたスケさんを盗み見る。

――きっとあの騎士は、レナードに願いを乞うている。早く王都へ、あるいは聖王国へ戻ってこいと。

幸せで甘い同棲生活の中、小さな棘が潜んでいたのを思い出す。

レナードは、ゼラを連れて聖王の元へ行くために探していたのだ。その期限がいつまでかは知らないが、国でも知られた優秀な騎士を、単なる人捜しのために長く手放す君主はいない。

今までだって、手紙かあるいは魔法の念話《ねんわ》で、〝見つけたのなら連れ戻って来い〟と、再三急かされていたのだろう。

（そして、しびれを切らしてついに人が来た）

今はここの領主の騎士だけれど、そのうちこの国の王の騎士が、そして最後には同朋《どうほう》である聖騎士が、聖王の名代として現れる未来が見える。

聖騎士として剣を捧げたレナードだ。王国騎士なら断れても、聖王の代理に逆らえない。

そんなの、田舎《いなか》暮らしの魔女であるゼラでもわかること。

（むしろ、聖王の代理が来るほどこじらせるのは、レナードにとってすごくよくない）

聖王勅書《ちょくしょ》を持つ使者は、外交大使も同義なのだ。部下でありながらそこまでさせれば、覚えが悪く出世に響く。最悪の場合、円卓の騎士たる聖剣を取り上げられ、平の聖騎士に降格もありうる。

惚れた男が身を落とすのは、恋人であるゼラの本意ではない。

だから折りに触れ、王都へ行ってもいいと伝えようとしているが、ゼラよりゼラの仕草を熟知しているレナードはすぐに察してはぐらかす。

毎晩のように肌を重ねる二人だが、そこだけはどうしてか相容《あいい》れない。

始めはレナードもゼラを聖王の元に連れて行くと言っていた筈が、最近の要請には頑として応じようとしないのだ。

「私は、平気だって言ってるんだけどな……」

王都に行くぐらい、なんでもない。

悪い噂があると思えば気が沈むが、どうせ聖王国へ転移する魔法陣を使うために寄るだけで、一日二日我慢すれば済むことだ。

聖王がゼラに会いたがる理由がわからないのは気になるが、魔王討伐の功績うんぬんだろうと当たりもつくし、違っていたとしてレナードがゼラを危ない目に遭わせる筈もない。

ただ、彼の母国で身分差を目の当たりにすることだけが辛いけれど、それは覚悟の上だった。

目を閉じて、深呼吸して立ち上がる。

二人で話しても堂々巡りなら、第三者がいるときが狙い目だ。

立ち上がり、扉を開いて外へ出た瞬間、冷たい寒風と同時に哀願じみた男の声が真っ向から吹き付ける。

「ゼラ殿！」

——ゼラ殿？

なんだその敬称は。

いや、魔王討伐の一員なのだからおかしくはないが、黒魔女とか勇者を寝取ろうとしてフラれた悪女だとかいう噂を考えれば、違和感を覚えてしまう。

「んんん？」

わからずたたらを踏んでいると、ものすごく不機嫌な顔をしたレナードと視線が合った。

これはやらかしたかな、と立ち止まっていると、茂みに隠れていた使者がつまずきかねない勢いで飛び出し、ぬかるんだ庭に膝を突く。

磨き上げた長ブーツに泥がこびりつくが、相手はまるで顧みず、困惑するゼラの手を取り自分の額に押し当てた。

「どうか、どうか怒りを静めて、王都へお越しください！　今や王都は大変なことになっております。民の誤解は必ず正し、貴女の名誉を回復すると王に約束させます。ですから……」

さっぱりわからぬ状況に目を白黒させれば、遅れて来たレナードが低く平らな声で言う。

「立て」

頭《こうべ》を垂れたまま言いつのる騎士に、たった一言命じつける。

彼らしくない冷淡かつ高圧的な態度にうろたえ、二人の騎士を交互に見て居ると、跪いていた騎士が肩を震わせ立ち上がる。

あっ、と小さな声を上げてゼラは口元をあわてて押さえた。

領主の騎士だとばかり思って居たが、全然違う。

黒い軍服の右肩から左腰へと斜めにかかる大綬《たいじゅ》の緑色をした帯は、王妃や王子など、王以外の王族を護衛する騎士のものだ。

王宮に滞在したおり、勇者となったヴェアン王子の側に控えているのを何度か見たので間違いない。

驚きに言葉を失うゼラをよそに、レナードは感情の欠落した冷たい眼差しで騎士を一瞥《いちべつ》する。

「勝手なことを言ってくれるなと、貴卿《きけい》にもヴェアン殿下にも忠告しておいた筈だが？」

「……重々に承知しております」

魔王討伐の仲間として旅を共にした者ではなく、一国の王子にふさわしい敬称を付けたことで、レナードの発言が公的なものだとわかったが、なにを意味するかまではわからない。

固唾《かたず》を呑んで見守れば、護衛騎士は諦めきれない様子でゼラを盗み見る。

「ですが、これはかりはゼラ殿の……」

「くどい。……聖騎士として俺が授かった任務も、俺個人としての意志も、王国の要望とは相反する。どうしてもと言うならば、騎士らしいやり方で決着を付けるしかないが、切っ先を向ける相手を考えてから剣を抜け」

自分が関わっているのに、一言も差し挟めない。それほどレナードの気は研ぎ澄まされていた。

彼の眼差しも言動のどこにも隙がないからか、護衛騎士は顔をしかめて立ち上がる。

（聖王の権威を持ち出してまで脅すなんて……。らしくない。そんなに重大なことなの？）

聖騎士とわかって相手に剣を向けるのは、聖王に剣を向けることも同じこと。

一歩間違えば、大陸中の信徒を相手に聖戦を仕掛けられるか、破門という名の鉄槌《てっつい》が下る。

――レナードは本気かつ最大限の脅しをかけているのだ。

護衛騎士のほうもそれがわかっていたようで、顔を歪め、奥歯を鳴らしながら後じさる。

「……閣下は、ゼラ殿をおとしめた王都の民など、魔物の餌食《えじき》になればいいとお考えか」

悔し紛れの一言に、ゼラは愕然としてレナードの顔を見る。すると彼は怒りも露わに一喝した。

「見損なうな！　そのような考えで動く俗物であるなら、最初から魔王討伐に加わったりはしない。自分らの不始末を棚に上げてこちらをなじるのはお門違《かどちが》いだ。……わかったらさっさと行け！」

激しい声に鞭《むち》打たれ、騎士は唇を引き結び頭を下げ、重い足取りで馬に乗る。

ゼラは、馬蹄の音が遠く消えたのを確認し家に戻ろうとするレナードの腕を取った。

「レナード、ねえ、どういうこと？　聖王が私に会いたがる理由って、単に魔物討伐の褒美をやるとか、物珍しさで見たいとかじゃないの？」

どうせ、会うことなどないのだからと、理由になど興味も持たなかったが、ここまで話が物騒になれば置いておけない。

ぐいと腕を引っ張り問い詰めようとした途端、音が出るほど強く振り払われる。

「痛……ッ」

弾かれた手を見ると、冷たさと衝撃で赤くなっていた。

大した痛みでもないのに、なんだかひどく心が動揺してしまい、ゼラは身をすくめながら一歩下がる。

それはレナードも同じようで、自分がしたことが信じられないという風情で立ち尽くし、蒼白となった顔をゼラに向けていた。

「ゼラ……すまない。今は少し、感情的になりすぎていて」

「……そんなの見ればわかるよ。なのに、理由は教えてくれないんだね」

唇を噛んで言葉を選ぶ。だけどどうしても、上手い聞き方が思いつかない。だからゼラは単刀直入に物事の核心を狙う。

「それは私が原因だから？　それとも、原因だと思われているから？」

心まで強く鍛えているのか、レナードは自分のことがどれほどあしざまに言われようと、勘ぐられようと涼しい顔をして受け流すが、自分が大切にする者をおとしめたり傷つけたりすることには敏感かつ厳しい。

たとえば君主である聖王や両親、あるいは――ゼラだ。

推測が正しいというように、レナードは嘆息しつつゼラの肩を抱く。

「わかった。話せることは話す。……だが、まずは中に入ってからだ。でないと風邪をひくだろう」

つまり話せないこともあるわけだ。

下からレナードの表情を窺うと、彼は始末が悪そうに顔をしかめ、ごく素っ気ない口ぶりで任務に関することは駄目だと言いのけた。

そこは理解できたのでうなずき戻れば、心配げなそぶりで小屋の扉から覗いていたスケさんが、ひとまず安心と張っていた肩骨を下ろし湯を沸かす。

温めた牛乳と蜂蜜を入れたとっておきの紅茶を出され、一口飲むと、優しい甘さで尖っていた気分が少しだけ和む。

古い茶碗を両手で包んで待っていると、向かいに座るレナードの指が伸びてきて、探る動きで手の甲をなぞる。

愛撫でごまかすというより、触っていいのか、怒っていないのかと相手の機嫌を窺う子どもみたいな仕草に、思わず目を瞬かすと、レナードが心底しょげた声色ですまなかったと謝罪した。

「いいよ。大げさ。もう痛くない」

ほら、と茶碗から外して手を広げて見せると、そっと掌が重ねられ、指を絡めながら互いの手が繋がれる。

「まず、聖王猊下がゼラに会いたがっていることと、あの護衛騎士が王都へと願っていることは、まったく別の問題だ」

どう伝えるか考えるように、レナードが親指でゼラの手指や爪をなぞり口ごもる。

「聖王猊下のことに関しては、あまり深く考えなくていい。……ゼラの生まれ育った森や、母親のことに関して話を聞きたいだけなのだと思う。詳しいことは猊下自らとの御意向ゆえに俺からはなにも言えないが」

「う……ん、まあ。それはわかるかな」

見た目は普通の人間ではあるが、ゼラは古代の貴種であるイグニスの民の血を引いている。

ゆえに、今までも魔法に関わる研究をしている者から、あれやこれや話を聞きたいと声を掛けられた。

（まあ、大半は、想像していたようなすごい暮らしとか、大魔法とかなくて、地味な話に飽きて、二度は声が掛からないのだけど）

たかだか話を聞くのに仰々《ぎょうぎょう》しいと思いはするが、教会を統括する君主という地位を考えれば、簡単に足を運ぶこともできないだろうし、気難しい老人だったりで扱いづらい相手なのかもしれない。

困っているのを隠さず、眉間に皺をよせた顔で天井へ息を吐くレナードを見て、そちらは考えなくていいかと判断を下す。だけど。

「じゃあ、問題は王都のほうなんだ」

すばやく思考を切り替える。するとレナードは露骨に目を細め、舌打ちしかねない様子で吐き捨てた。

「魔物が出没しているそうだ。……この村でもあっただろう。ゼラと俺が再会した日に」

色々あったのですっかり忘れていたが、ガーゴイルという強い魔物に襲われたのだ。

あのときは、魔王を討伐して間もない頃で、だから消えずに残ったはぐれ魔物かと流していたが。

率直に疑問をぶつけると、レナードは肩をそびやかし、どこか呆れた口調で説明しだす。

――魔王という宿主が消滅し、異界から召喚されていた魔物は、〝根っこ〟を失い霧散した。

わずかながらに、この世界に土着していた魔物だけは残ったが、ほとんどが暗い森の中や地底に隠れたまま、人里を脅かすことはなかった。

だが、一ヶ月ほど経ったころから、少しずつ、魔物を目撃したと民からの報告が増えだした。

しかも、王都で。

酒場帰りの酔っ払いや、客を見送った娼婦《しょうふ》などが、街の暗がりから飛び出す小鬼や魔犬を見たという話から始まり、その翌週には襲われて怪我したものが現れた。

いずれも夜更けの出来事だったので、喧嘩《けんか》でもしたのだろうと警備兵も相手にしなかったが、次の月には昼間の市場で商人が襲われ、客待ちしていた馬車が壊されて——そんな風にして、少しずつ被害が増えて行き、とうとう空にガーゴイルが舞うほどになっていた。

王都と言うだけあって、王に仕える宮廷魔導師達が結界を張っていたので、魔王がいた頃ですら、魔物の被害などほとんどなかった。なのに空を見上げれば魔物が飛んでいる日常に、民は騒ぐ。

そのうち、不穏な噂が流れ出す。

——勇者であるヴェアン王子にフラれた黒魔女ゼラが、嫌がらせに魔物を召喚しているのだと。

「はぁっ⁉」

素っ頓狂な声がでてしまう。なんの冗談だ。

白骨死体の魂を死後の世界から呼び、下男として使役しているのを魔物と断じられれば、まあ、そうかも？と半分ぐらいはうなずけるが。

「なんで私が？」

一体どこの誰なのだ。そんな無責任かついい加減な噂を流して、人を悪者にしているのは。

「フラれた腹いせに世界を支配して、美青年や美少年や美老人を集めて侍《はべ》らせ、酒池肉林《しゅちにくりん》の贅沢三昧《ぜいたくざんまい》をしようという計画だとも言われていた」

——なんだ。その風評被害も甚《はなは》だしい噂は。

開いた口が塞がらないゼラの前で、レナードが重々しくうなずいて口の端を引き締める。

「まったくだ。ゼラがヴェアンを振ったならともかく、フラれたなど……いや、俺以外の男に好意があるという話自体が許しがたい」

「そこじゃなくて！」

繋ぐ手に力を込める恋人をなだめつつ、ゼラは肩をそびやかす。

「おかしいわ。私、魔物なんて召喚できないもの」

封じることはできるけれど、引き出すことはまったくできない。

魂や精霊などの形のない精神体ならなんとかなるが、物理的な肉体を持つ魔物や魔獣を引き出せるほど、異界の裂け目を開けない。

布に例えるなら、穴や裂け目を繕えても、力任せに引き破れないのと同じだ。

たとえイグニスの民であろうと、始祖から数代を得た今では、もう、異界のつながりなど毛糸や縫い糸ほどのものでしかない。

「当然だ。宮廷魔導師たちや聖職者はもちろん、学識がある貴族たちにはまるで相手にされていなかった。その証拠に、討伐隊が編成されてないだろう」

もし、ゼラが魔物を召喚できるなら、第二の魔王の誕生と見なされ徹底的に行方が捜され、狩られた筈だ。

けれど、実際にはこんな国境の村でのんびり田舎暮らしをしていたのだから、流言飛語《りゅうげんひご》と片付けていい。

——聖女リリーサが、この異変は魔女のせいに違いないと、民の前で断定しなければ。

レナードの一言で、ゼラは渋い顔になってしまう。

「……リリーサって、自分が予言の聖女だとわかってて言ってるよね？」

「王宮から出て行くよう仕向けただけでは飽き足らず、王都には近づけないよう噂を流したのではと、ヴェアンが手紙に書いていた」

額に手を押しつけて呻く。どうしていつもそうなのか。

気が合わないのも、嫌みを言うのも別にいいが、魔物に民が襲われているのを利用して、ゼラの悪評を流すなんて。

それだけでも許せないが、一番許せないのは、その噂のせいで本当の犯人が見つからないまま、人々が被害を受け続けることだ。

「なんでそこまでして……」

リリーサがゼラを疎外する最大の理由は、王太子となったヴェアンの妻の座を得るためだ。

晴れて王太子の婚約者となった今、魔物出現の犯人に仕立て上げるなんてやり過ぎではないか？

今までは、仕方ないと見逃していた。

というのも、リリーサは聖女と祭り上げられているが、貴族としては下位とされる子爵家の娘。

魔王討伐が終われば、王から与えられた報奨金と名誉を持参金として同格の家に嫁ぐか、あるいは聖王国で女司祭を目指し勉学に励むなどするぐらいしかない。

見栄っ張りで享楽的《きょうらく》な彼女は、そんな地道な未来が我慢できず、玉の輿《こし》を狙い常にヴェアンの気を惹き伴侶に選ばれようと腐心していた。

方向性は違うけれど、努力と入れこみ方は見上げたものだし、相手を蹴落としてまでとの気迫が運を呼んだのか、魔王軍との戦線で第一王子が失われた今、リリーサは王子妃ではなく王太子妃候補と成り上がっている。

ゼラなど、もう、相手にする必要などないだろうに。

「一時は、本当にゼラの仕業かと疑われだしていた。だが……王都の上空に〝天の亀裂〟が現れたことで状況が変わった」

苦々しげなレナードの台詞に息を詰める。

魔法はゼラのような魔女や魔導師の魔力に頼るものと、レナードやリリーサなどの聖職者の理力に頼るものと、大きく二種類に分かたれる。

そして、魔力は地底から汲み出され、理力は天から授けられる。

異世界から来た魔王は魔力を使う者であり、異世界とこの世界を繋ぐ通路となる能力があった。

地底に異世界と繋がる亀裂があって、魔王がそれを周囲から汲み出した魔力で広げたのか、あるいは地底へ至り亀裂を作って異世界と繋いだのか。

鶏が先か卵が先かと言う風に、魔導師たちは議論を戦わせているが、異世界人と亀裂——異世界と繋がる裂け目に関連があることと、そこから魔物が呼ばれることだけは証明されている。

理力の供給源である天に亀裂ができた場合も同じで、魔力を理力に置き換えられるだけ。

つまり異界から来たなにものか――、理力を使う誰かが、異世界とこの世界を繋ぐ通路として天に亀裂を作ったことになる。

天と地が交わらないように、魔力を源とする魔法を使う者は、理力を源とする聖魔法を使えない。

魔物は、絶対に魔女の――ゼラの仕業ではありえないと誰にでもわかる、明らかな証拠だ。

ゼラは亀裂を塞ぎ封じることはできても、亀裂自体を広げることも魔物を異世界から呼ぶこともできない。

布を繕う針と、布を裁《た》つ鋏《はさみ》では用途が違うように、この世界に生まれなじんだ者と、異世界から呼ばれた者では、用途――世界に関わる能力自体が違うのだ。

「今の処、出現する魔物は警備兵と宮廷魔術師で対処できているらしいが」

「亀裂を塞がないと、どんどん異界と繋がる通路が広がって、強い魔物が出てきちゃうね……」

確実に異界との通路を封じる能力があり、所在が知られているイグニスの民は今の処ゼラだけだ。

「聖騎士の御仁でなくとも、どの面《つら》下げてと言いたくもなりますわぁ」

それまで黙って話を聞いていたスケさんが、呆れながらパイプの煙を口から吐き出す。

「ま、俗物聖女にはいい薬でしたな。予言と偽って仲間の魔女を貶めていたなんて、人格も品性も程度が知れるってもんでして」

「……それだけなら、いいんだがな」

恋人と繋いだ手にぐっと力を込めてレナードが嘆息する。

しかし、その声は小さく、愉快と笑うスケさんの骨の音に紛れゼラの耳までは届かない。

「面の皮でもなんでもいいけど。……早く塞がないと」

「ゼラ」

「亀裂から上級の魔物が出たら、犠牲者はとんでもない数になるよ。それこそ魔王の比じゃない。だって王都の真上だよ？」

「危険過ぎる。……先に、聖王猊下に拝謁して、聖騎士団を護衛につけるほうが得策だ。幸い、隣国にも聖王国への転移魔法陣はある。交渉して話を付ける必要はあるが……」

レナードの論には一理ある。けれど慎重すぎる上、時間も一ヶ月はかかってしまう。

その間中、民が怯え暮らすのかと思うだけで、胸が締め付けられる。

「大げさにしすぎ」

心配なのか、指を絡め繋いだままずっと離そうとしないレナードの手を、残る手で包み込んで笑う。

「王都の上の亀裂なんて、ここ数ヶ月のことでしょう？　百年かけた魔王の亀裂ほど大きくないって」

魔物はもちろん、ゼラを悪く言った人々も問題ではない。

お人好しと言われても、いいように利用される馬鹿だと笑われても、果たすべき役目というのはあるのだ。

それが、ゼラにとっては、異界と繋がる通路を塞ぎ、魔物から世界を守ることなだけで。

（人と離れて暮らしてきたからこそ、人が傷つくのに慣れないだけ。助けることに理由はいらないって母さんも言っていたし）

森に迷い込んだ修道士を助け、恋をし、やがて去られた母は時折口にしていた。

――助けることに理由はいらないの。それに後悔はしてないわ。恋をして、ゼラが生まれて幸せよ。

明日、あの人に会えるかもってわくわくしながら毎日過ごせて、よかったと。そう繰り返しながら息を引き取った母のありかたは、娘であるゼラの中にも息づいていた。

「私、行くよ」

「……そう言うとわかっているから、聞かせたくなかったんだが」

手の甲を額にあて、それを肘で支えながらレナードは大きく溜息をこぼす。

「スケさんはどうする。……状況が状況だけに、王都へ連れて行くのは危険だぞ」

「あ……」

魔物が出現することで騒動になっている場所へ、動く骸骨を連れていけばどうなるか子どもでもわかる。

けれど置いて行くことにはためらいがある。

死霊術で甦ったスケさんの寿命は長くない。召喚者であり主人でもあるゼラが側にいれば、日々、少しずつ魔法で力を与えたり、損傷した部分を修復したりして消滅を引き延ばすことはできるが、離れればそれもできない。

倒木や転倒で骨が砕ければ、そのまま動けず風化して――なんてこともありうる。

すっかり家族の一員としてなじんだ相手を、自分の都合で消すことはできない。そして看取《みと》らずにお別れするのもゼラには辛い。

するとスケさんは、パイプの煙をぷかっと輪にして吐いて、そこへ骨の指を差し込みながら言う。

「なあに。心配しちゃいません。新婚夫婦に相応しい小屋に改装しながら、のんびりここで待ってますや」

心配されているのは自分なのに、わざと勘違いしたふりをして、ゼラたちへの期待にすり替える。

「墓に花を供えるってぇ日課もありやすしね」

自分でつくった煙のわっかをためらいもなく吹き消し言われ、ゼラはそっかと寂しくうなずきかけ、すぐ弾かれたようにして顔を上げる。

「えっ……！　探していた恋人のお墓を見つけたの⁉」

たしかスケさんは、駆け落ちし損ねた恋人の隣で死にたくて、それが未練となって魂がこの世に残っていた筈だ。

「そんなの、とっくの昔でさあ。……じゃなきゃ、毎晩、墓参りはしません」

毎晩、毎晩、雨も雪もお構いなしに出かけていたのは、墓を探すためではなく、恋人に花を供えるためだったのだと今更にゼラは気付く。

「あっしを誰だと思ってるんですか。森番ですよ。この森のことはなあんでも知ってます。それに木々や岩は五十年やそこらじゃ大して変わりません」

吸った煙を口ではなく、今度は頭蓋骨の顎から漏らしつつ、スケさんは肩の骨を気持ちよさげに鳴らす。

そこで、ゼラは大して驚いた風でもなく、淡々と話を聞いているレナードに気付く。

「レナードは知ってたの？　その、スケさんがお墓、見つけてるってこと」

「御仁はさすが聖騎士だ。来たばっかりの時に気付かれて……。ま、一番綺麗な花が咲く野っ原やら、野苺がよく実る茂みで買収したってわけでして」

――だからか。だからレナードが花や果実を呆れるほど多くゼラに贈れたのか。

愛されていますなあとからかわれるが、照れるだけの余裕がない。

(本当なら、レナードと再会する前に、私は一人になっていたんだ)

墓を見つけるどころか、供養までしたのに、なんの未練があってこの世にいるのか。

本来なら未練が消えた時点で魂が浄化されて、ただの骨に戻っている筈なのに。

「どうして」

「どうしてでしょうねえ。……ひょっとしたら、ひとりぼっちの寂しい顔したお人好し魔女が心配で、新しい未練になっちまったのかもしれませんなあ」

他人事か、孫に聞かせる昔話みたいに言われ、ゼラが半泣き顔になると、スケさんはやれやれとぼやく。

「この上は、めでたしめでたしまできちっと見せてくれにゃあ、骨が砕けても死ねません」

死んでいますけれど。とおどけられ、ゼラは何度もうなずいた。

「絶対に、ちゃんと全部終わらせて帰ってくるね」

「そうしてください。……結婚はできなかったが、娘を嫁に出す気分ぐらいは味わってあの世に行きたいですからね。……そうだ！　お前にゼラはやらんって、聖騎士御仁に投げる腐ったタマネギも用意しないと」

そんなの投げつけられたって、レナードは楽に交わすことなどゼラもスケさんも、そして当の本人だってわかっていた。

「ゼラの父親でもないくせに」

「それ言っちゃあ終わりでしょうよ。……言っておきやすけど、あっしだからタマネギで許されるんであって、毎晩、寝台をきしませてるって本物の父親にばれちゃあねえ……。タマネギはタマネギでも、きっと黄金の、どでかいやつがぶち投げられます」

「む……」

年の功か、骨の功かわからないが、スケさんのからかいと冗談で、しんみりと陰っていた空気が少しだけましになる。

すっかりぬるくなった紅茶をすすりながら、ゼラは思う。

――必ず帰ってこよう。この小屋に。レナードと二人で。


途中に山や大河があるため歩けば数日かかるが、転移魔法を数度重ねて使ったからか、ゼラとレナードが王都へ至るまで一日も掛からなかった。

城壁の検問もあっけなく、なんの手続きもなしに城門の通行扉は開かれた。

聖教会が王によって国の宗教として認められている国では、聖騎士であるレナードの待遇は外交特使扱いで、軍服と剣を見るだけで身分が保障されるからだ。

そのまま、人と一緒に転移されたレナードの白馬に相乗りして城下町を進むが、通りかかる人はあまりおらず、活気というものが欠けていた。

まるで呪いによって、住民だけ消えた遺跡にきたようだ。

大通りには露店一つなく、酒場の扉も閉まったままだし、窓から見える客はみな、通夜の帰りみたいな顔で黙って麦酒《ビール》を口へ運んでいた。

こんな場所ではなかった。ゼラは喉元までせり上がる困惑を無理に呑み下す。

背後からじっと見つめられるような気味の悪さに振り返れば、青空に、切り裂いたような亀裂がある。

おどろおどろしい緑の光に満たされ、真ん中に黒い渦を持つ亀裂は、不気味なほど人の目に似ていた。

――天の亀裂だ。異世界と繋がるねじれだ。

見て居るだけで怖気立つものから顔を逸らし、前を向くと、馬を操るレナードが、俺が守ると伝えたげにゼラに回した腕に力を込める。

大丈夫だと伝えたくて、自分を支える腕を撫で、背を預けているうちに王宮へと辿り着く。

よほど待ちかねていたのだろう。到着が伝えられるや否や宮廷魔導師長や騎士団長やら、王都防衛に関わる要職の面々が駆け集まりだす。

レナードはゼラを上手く背後に庇いながら、礼儀正しく、だが威圧交じりに言葉を交わす。

やがて人の波が割れ、奥からみごとな赤毛の青年が場違いなほど軽い足取りで現れる。

――勇者であるヴェアン王子、いや、王太子だ。

「ゼラ！　レナード！　来てくれると思ったよ！」

人懐っこい笑顔で両手を広げながら二人に近づき、がばっと抱きつこうとする。

が、ゼラに指が触れる前に、したたかにレナードから肘鉄《ひじてつ》を食らいヴェアンは咳き込みだした。

「……相変わらずだな。国の非常時に」

「うん、レナードこそ相変わらず。生真面目で嬉しい」

なにが嬉しいのかわからないが、いつもこんな調子なので気にしない。

亡くなった第一王子とは一回りも年が離れており、王位に対し責任がないからと周囲が甘やかした結果、顔だけはいい、女たらしなお調子者に育ったのがヴェアンなのだ。

彼に美点があるとすれば、生まれつき魔物に嫌われる活力と剣気を持つところと、どうしようもない無責任さと悪気のなさが絶妙に混じった結果、周囲のものが放っておけないと世話を焼いてしまうところだろう。

彼は、魔王との戦いの後で、尊い犠牲とほざいてゼラを見殺しにしかけたこともころっと忘れた様子で、つい昨日別れた友達みたいな笑顔をさらしている。

怒っても無駄だとわかるのでなにも言わずにいると、勝手にヴェアンは語りだす。

「それで、来て早速で悪いけれど、父上の御前《ごぜん》会議に参加してくれないかな？」

面倒なことになっていて、と申し訳なげに片目を閉じられ、レナードが呆れた溜息を落とす。

「悪いと思うだけなら誰にでもできる。……今すぐ、どうしてもか」

「僕はいつでもいいけれど。でも、出ていた方がいいと思う。……昨日も、天の亀裂からガーゴイルが出た。

間隔が頻繁《ひんぱん》になってきている。本体が次の魔王に成り代わるのも時間の問題じゃないのかな?」

当人に自覚はまるでないけれど。とあっけらかんとした調子で言うのに驚く。

「本体って……ヴェアンは、あの〝天の亀裂〟の原因というか、核となった異世界人を知っているの?」

「まあね。……ちょっと公《おおやけ》にしづらい相手だから、名を出すことは控えたい」

最後だけ真剣な声色で告げられ、思うより大事なのではと思わされる。

だがそれは一瞬のことで、すぐにへにゃっと表情を崩し、ヴェアンは適当な仕草で手を振った。

「ま、部屋でお茶を飲んでいてよ。ほら、ゼラが好きな胡桃《くるみ》とアーモンドが入った、生姜《しょうが》味のレープクーヘンも用意させてる。暇つぶしの本もいくつか置いてるけど、気に入らないなら彼女に言って」

告げるなり、人混みの脇に控えていた年かさの侍女を手で示す。

ゼラとは親子ほど年が離れた落ち着いた女性だ。滞在中の専属侍女になると聞かされ安堵する。

前に掃除の若い侍女達が、ゼラの悪い噂を鵜呑みにして、あれやこれやとかしましかったことが、少しだけ嫌だなとも思って居たので。

互いに目礼を交わし、部屋へ向かおうと一歩進めば、レナードが変なことを口にする。

「……俺と同じ部屋にしたんだろうな」

年頃の男女が同じ部屋など、結婚が確定した相手と主張するのも同じだ。

たちまち周囲の貴族や要人たちがどよめくが、ヴェアンだけはけろっとした顔で、うんと無邪気にうなずいた。

「それはね、もちろんそうしたよ。……だからみんな、そういうことだから」

迂遠《うえん》でわかりにくい言い口だが、なにを意味するのかは、周囲の反応でゼラも悟れる。

ゼラは聖騎士であるレナードの妻となる者。聖王国の貴人も同然。面白半分に噂の材料にすれば問題になると知らしめたのだ。

茶番の効果は絶大で、それまで突っ立っていた貴族の面々がたちまちゼラに頭を下げつつ道を開く。

急に扱いが真逆となったことが恥ずかしく、どうもとか、すみませんとか口の中で呟き進む。

（私の悪評を牽制するためだってわかるけど、同じ部屋って……同じ部屋って！）

夜に同衾《どうきん》しますよと宣言したも同然だ。

実際にやることはやっているが、他人に知られ勘ぐられるかと思うと、頭をかきむしって身悶えたくなる。

背中やうなじがむずむずするのを我慢しながら、案内の侍女について歩いていると、いつのまにか中庭に面した回廊に足を踏み入れていた。

静かだ。誰とも行き交うことがない。

冬の始まりだからか、それとも〝天の亀裂〟から降りかかる災厄――魔物を恐れているのか、普段なら着飾った紳士淑女がそぞろ歩く庭園に人の姿はなく、ただ、噴水から落ちる水音だけが響いていた。

――いや、違う。一人だけいた。

白い大理石の噴水を背景に、銀髪に白い絹のドレスを合わせた娘が座っている。

風景に同化した色合いだったから、気づけなかったのだ。

（リリーサだわ。……一人だなんて、珍しい）

人に傅《かしず》かれ、聖女とあがめられることを好むリリーサは、自分の周りを引き立て役となる侍女などで固めていた。

旅の間もゼラを踏み台にして、己の人気取りをしたほどだ。王太子妃となった今は、もっと人に囲まれ虚栄心と承認欲求を満足させていてもおかしくないのだが。

違和感を覚えたゼラは、つい、回廊の最中で歩みを止めてしまう。

リリーサはずっと同じ姿勢で辺りをぼんやりと眺めていたが、回廊にゼラがいるのを見つけると、美しい顔をぐしゃりと歪めて駆け寄ってくる。

駆け寄る足音に気付いた侍女が顔を上げ、リリーサを目に留めると同時に、ひっと声を引きつらせ、同時に顔色までも失ってしまう。

未来の王太子妃に無礼を働いたと恐縮したにしては、あまりにも大げさすぎる反応に気を取られていると、目前に迫ったリリーサが乱暴な仕草で侍女を脇へ押しのける。

回廊を支える大理石の柱へ叩きつけられた侍女が、痛みに呻きながらしゃがみ込む。

驚きながら侍女を助け起こそうとするが、果たせなかった。

変な方向から風があたり、次いで、破裂音がして頬に熱を感じた。

一拍遅れて痛みを覚え、ゼラはようやくリリーサに平手打ちされたのだと気付く。

なにをするのよと反発するより早く、リリーサの甲高い声が鼓膜に突き刺さる。

「なぜ来たのよ！　アンタなんか、一生、森の奥から出て来なければよかったのに！」

回廊の高い天井に、リリーサの憎しみに満ちた声が反射し、幾重にも重なりながら木霊《こだま》する。

真っ正面から叩き付けられた悪意に固唾を呑んでいると、彼女はさらにゼラへ顔を寄せ吐き捨てた。

「なんでアンタなんかを仲間にしなきゃいけなかったのよ。……邪魔なのよ！　本当に邪魔！　せっかく聖女ヒロインって言うおいしいポジションなのに、全然男キャラとの好感度は上がらないし！」

銀の髪、銀の瞳、銀の爪。真珠のように白い肌。きらきらしい聖女の外見をそのままに、まるで下町の悪辣《あくらつ》な娼婦のような眼差しでゼラを値踏みしつつ、リリーサが舌打ちをする。

「ゲームなんだから女なんて万能ヒロインだけで充分じゃない！　なのにヒロインと同格の扱いな魔女キャラなんて！　ほんっとうにいらない！」

唾を飛ばして喚かれる中、怒りより困惑を強く覚えてしまう。

（ゲーム？　ヒロイン？　彼女はなにを言っているの）

今までにないほど露骨な言葉で攻撃されたことはもちろん、耳慣れない単語の羅列に混乱し、反論より疑問ばかりが増していく。

彼女は、一体なにを言っているのだ。

動けず、立ち尽くしていると、リリーサは銀の目を昏《くら》い愉悦に細めつつ笑う。

「それにしても。……黒髪長髪に、赤眼に黒衣、魔王を封じるって設定も悪くないのよね。そうでしょう？だったら別に魔女じゃなくて、男でも……イケメンの黒魔術師でもよかったじゃない。だったら、私も萌《も》えられたのに」

　まただ。

　イケメンだとか、萌えだとか、耳慣れない言葉がどんどんリリーサの愚痴に混じりだす。

　一緒に旅をしていた時も、こういうことはたまにあった。

　魔王に関することなら、なんでも完璧に予言できると豪語するが、予言したことと違う展開や道が現れると、途端にルートが違うだの、バグだのと言った単語を使ってごまかしていた。

　その時は、聖職者特有の言語か隠語なのだろうと思っていたが、自分に関わることとなると曖昧にはできない。

　ゼラは両手をぐっと握りしめて唇を引き締める。

「貴女が、なにを言っているのかわからない。だけど」

　顔を上げ、まっすぐにリリーサと視線を合わせつつ続けた。

「どうしてこんな処で座っているの？　王都に魔物が現れているのに。いずれ貴女が王妃となる国の民が苦しんでいるのに。……聖女の役は魔王を倒したら終わりだとでも？」

「うるさい！　うるさいッ！」

「貴女が私を嫌うのはどうでもいい。悪く言うのも構わない。だけど、目の前に傷つきおびえる民がいるのに、どうしてそのままでいられるの」

　今まで、なにを言われようと黙って退いていたゼラが、刃向かって来たことが信じられないのか、リリーサは紫色に変色した唇をわななかせ、それから顔を背けて吐き捨てる。

「そんなこと言ったって、魔王を倒した先の話なんてわかるわけないわ！　そこでゲームはエンディングになるんだから！」

耳慣れない単語を自分なりにかみ砕く。ゲームというのは本に書かれた物語のようなものだろうか。そして、リリーサの予言の力は話の終わり——魔王を倒す処までしか読めないのだろうか。

「だとしても、聖魔法の力まで失った訳ではないでしょう。……聖女と名乗るからには、先頭に立って人々を癒やし、助け、誰かの希望になることはできる筈よ」

聖女だからこそ、王太子妃となる娘だからこそ、リリーサが規範を示せば、我もと続く者も現れるかもしれないのに。

力を合わせ守り癒やすことで、人々をまとめ、天の亀裂から現れる魔物に抵抗できるだろうに。

「どうして、できることをやらないの」

異世界から魔物が召喚され続ければ、王都だけでなく、周辺の街や村も襲われてしまう。もっと多くの人が異界の力に傷ついて、場合によっては失われてしまう。

人里を離れ暮らしていたゼラでも、家族を失うつらさはわかる。

異界から召喚される魔物と戦うことを、神の教えかつ試練と定める聖職者の一人、聖女であるならなおのこと、魔物の存在が非道であるとわかっていた筈だ。

我欲の為であったとしても、王太子妃の地位から得られる権威を手にしたからには、民を守るという最低限の義務は果たすべきじゃないのか。

そんな思いを込めて睨んでいると、リリーサが歯ぎしりとともに悔し紛れな台詞を落とす。

「……生意気だわ。ゼラのくせに」

リリーサが舌打ちをして、はっ、と大きな声でゼラを嘲笑う。

「確かに、アンタがいなきゃ魔王は倒せない。そういう設定になっていたけど、それがなんなの？　自分が正義みたいな顔をして」

聖女としての口ぶりや態度を投げ捨て、取り繕いもせず、リリーサは唇を歪め続ける。

「言っておくけど、魔王を倒さなくても、別に世界は滅びたりしないわよ。街や村が襲われてモブが死んでもどうってことない。……まあ、それじゃあイベントが進まなくて恋愛フラグが立たないから面白くないし、魔王を倒さないと解放されないフラグの中に、レナードとのルートがあるかもしれなかったし」

綺麗に形を整えた爪を、癇性《かんしょう》的に噛みつつ、リリーサはちっ、と舌打ちを落とす。

「なのにどうしてよ。どうしてあいつはゼラの肩ばかりもつの！　聖女の護衛で崇拝者ってキャラの設定詐欺もいいところよ。……そりゃ、王子に比べれば聖騎士の妻なんて地味だけど。でも、落とせるなら全部攻略したいのがユーザーの心理じゃないッ」

相変わらず理解不能な単語が混じっていたが、なんとなく、モブがこの世界で生きる民のことで、リリーサは自分を中心として多数の男性と恋愛を楽しむことを主とし動いていただけで、魔王討伐などどうでもよかったのだとはわかる。

聖女にあるまじき発言だが、今までのゼラに対する邪険な態度の理由はわかった。

つまるところ、彼女は、ヴェアンの妻となりながら、レナードをも己の虜《とりこ》にして崇拝させたかったのだ。

嫉妬したり傷ついたりするより先に、底知れない我欲優先の考えに目眩がしてしまう。

（人の命より、悲しみより、己が賞賛されることが大事だなんて）

怖気を覚えていると、リリーサが歯を剥き出しにしてゼラに食い掛かる。

「なによ、その顔。本当に気にくわない。アンタなんか、聖女に転生した私の引き立て役でしかないのに、いっちょ前に説教なんかして。言っておくけれどね、王都にのこのこ顔を出したのが運の尽き。……聖女で、この国の王太子妃になる私が、たかが魔女に負ける訳ないって思い知らせてやるッ！」

怒りと憎しみのままにまくしたてるリリーサの醜悪さに、ゼラが眉をひそめた時だった。

「ゼラ……！」

回廊の奥から白い軍服を着た男が駆け寄ってくる。

……レナードだ。

彼はリリーサの前に割り込み、己の背後にゼラを庇う。

「レナード！　ねえ、聞いて！　ゼラが酷いの……！」

いままでゼラをなじり、虐《しいた》げていたのとはまったく違う、甘く幼い声色でリリーサが訴える。

「魔王を倒すためにがんばっていたのに、私のことを役立たずだって。嫌いで協力したくなかったって！」

先ほどまでゼラをなじるために口にしていた言葉を反転させ、まるで自分を被害者のように仕立て上げる。

変わり身の早さに目を丸くするゼラをよそに、彼女は目に涙さえ浮かべながらレナードの胸に手を当て、か弱げにしなだれかかる。

「魔物で人間が沢山殺されようと関係なかったって。ヴェアンや男たちを虜にして、自分が愉しく暮らせればどうでもよかったなんて恐ろしいことを言うの！　一緒に戦った仲間だって、信じていたのに！」

蒼銀に輝く瞳から、真珠のような涙をいくつもこぼす。

見た目だけで言えば、文句の付けようもないほど清らかで美しい聖女だが、先ほど本音を叩き付けられたゼラからすれば、おぞましさしかない。

なのに彼女は、ますますレナードに身を擦り寄せ、庇護欲をそそるような態度で嗚咽《おえつ》を漏らす。

(嫌だ……！)

触れられたくない。彼女の嘘をこれ以上聞いてほしくない。

彼女の嘘でゼラを嫌った人々の顔が頭をよぎった時だ。

「その手を離せ。穢《けが》らわしい女め」

そこだけ冬が訪れたかのような冷たい声に息を呑む。

が、嫌悪の対象はゼラではなかった。

レナードは背後にいたゼラが肩をびくつかせるや否や振り返り、自分の腕に抱きよせ守ると、さらに厳しい眼差しでリリーサを睨みつける。

「レ、レナード？　どうしたの？　その女は……」

「口を慎《つつし》め。お前ごときが、俺の花嫁となるゼラを〝その女〟呼ばわりする立場にあると思っているのか」

確固とした口ぶりに、リリーサはもちろん、ゼラもぽかんとしてしまう。

――花嫁。花嫁ってなんだ？

（た、確かに、やることはやったけれど……。花嫁って、なんなの、急過ぎない⁉）

好きだと言われた覚えも、抱かれた覚えもしっかりあるが、結婚の話は聞いていない。

リリーサを威嚇する嘘かと思うが、それにしては目が真剣だ。

（そういえば、さっきも、同じ部屋がどうとかって周囲に伝えていたけれど……。あれ、演技じゃなくて本気で……ってこと？）

いきなりすぎる。レナードの言動に目を白黒させていると、リリーサは頬を引きつらせつつ一歩下がる。

「聖騎士の花嫁が、王太子の婚約者になった私より上……ですって」

「そうだ。この国の王妃ならともかく、王太子妃程度がないがしろにしていい存在ではないということだ。

……円卓の聖騎士が聖王候補なのは知れた話。お前が王太子妃候補だというなら、ゼラは聖王妃となる女だが？」

「は……。なにを、馬鹿な。私はこの国の」

「残念だけど、レナードが言う通りなんだよなあ」

緊迫した状況にそぐわない、のんきな声が割り込んできた。――ヴァアンのものだ。

「あとさあ、あんまり王太子妃候補を名乗らないでくれる？　自分の立場、いい加減自覚してるよね。婚約破棄《はき》寸前の聖女様」

「ヴェアン！　貴方……ッ、よくも……！」

頭の後ろで手を組んだ姿勢で、のんびりと歩いてくるヴェアンにリリーサが金切り声を上げる。

声色も台詞も婚約者にかけるものとして最悪かつ、敵対的すぎるが、当のヴェアンはまるで気にしていなかった。

どころか、それまでへらへらと笑っていた顔を唐突に引き締め、低い声で告げる。

「どっちが〝よくも〟だよ。……兄上を死に追いやっといて、その弟と結婚できると本気で思ってたわけ？」

「え……っ」

どういうことだ。話の流れが早すぎてついていけない。だが、ヴェアンの台詞をそのまま受け取るなら、リリーサが原因でヴェアンの兄は、本来の王太子は亡くなってしまったのか。

(そういえば、ヴェアンの兄は魔物との戦いで命を落としたって聞いたけど)

リリーサは魔王に関する予言は外さない。

どこにどんな魔物が出没するか。次に襲われる街はどこか。

彼女自身が魔物を操ることはできないけれど、故意に嘘の情報を流すか、あるいは――王太子が討伐に出た先がとても危険だと知りながら黙っていたのか。

ヴェアンを王太子の地位に押し上げ、その妻として自分が権力を振るう為に。

信じられない暴露《ばくろ》に身を固まらせているゼラを腕に、レナードが追い打ちをかける。

「そもそも、お前は正式な聖女ではない。……異界から得た予言の力を奇跡と称し、それに騙された民がそう呼んでいるのを見逃しているだけで、教会が認定したものではない」

「……ッ！」

目に見えてリリーサが表情を変える。

「あ、あなたこそ……。私に付けられた護衛の身分で、逆らうなん、て」

無駄な抵抗と自分でもわかっているのだろう。じりじりと後ろへ足をひきつつリリーサがうめく。

「二度も同じことを言わせるな。お前の持つ聖女の肩書きは、たんなる名誉称号だ。……確かに俺は、聖王猊下から聖女を名乗る女の動向を見守るよう命じられたが、それは魔王討伐とともに終了している。お前を気遣う義理も、従う理由も何一つない」

こともなく決別を言い渡しつつ、レナードは鼻を鳴らす。

「覚えておけ。ゼラを傷つけることは二度と許さない」

顔を赤黒くしたリリーサが奥歯をきしませ、それから凄い勢いで食い掛かる。

「覚えておきなさいよ……。私を、怒らせるなんて」

町の小悪党じみた台詞に、レナードが目を細める。

「……天の亀裂をさらに広げるほどのなにかをやらかすつもりか？　王太子が危険な魔物が現れる場所へ行くよう仕向けただけでなく、これ以上、世界を歪め我欲を満たすと？」

だとしたら、お前は聖女ではなく魔王だなと吐き捨て、レナードは、ゼラの手を引き回廊を突き進もうとする。

「衛兵、聖女が錯乱しているようだ。……部屋で休んでいただけ」

いつも天真爛漫で笑ってばかりいるヴェアンが、別人のように冷たく感情の欠落した声で告げるが、衛兵は事の成り行きがわからないのか、顔を見合わせ戸惑う。

その隙をついてリリーサが床を蹴り、ゼラへ向かって手を伸ばす。

「痛ッ！」

肩口から伸びる素肌に爪を立てられ、その痛みに声を上げるゼラを力任せに引っ張り、ぶつけそうなほど顔を寄せてリリーサがにやりと笑う。

「教えてあげる。……天の亀裂を封じたら、歪みを正したら、レナードは貴方のことを忘れるわ」

「……えっ」

かろうじて聞こえるほどの囁きが素早く告げる。ゼラとリリーサ以外には聞こえないほど小さな音量なのに、不思議なほど大きく脳裏に響く。

「レナードと貴方が結ばれるルートなんて、このゲームのどこにもないの。歪みが生んだ虚構なの。正しい話の流れには、貴女の為に用意された恋はない」

――それでも、この世界を救う価値はあるかしら。

虚を突かれ空白となったゼラの頭に、リリーサの悪意が毒となって染みこむ。

「貴様ッ……！」

なにを言われたか聞こえずとも、リリーサがゼラを害そうとしているのはわかったのか、レナードが彼女の手を引き剥がす。

食い込んだ爪が肌を傷つけ血が滲んだが、その痛みより、胸が不気味な鼓動を刻むのが苦しい。

立ちすくむゼラを抱き上げ、レナードはヴェアンに向かってうなずく。

「早くしろ。……その女は、この国の禍《わざわい》となっているのだぞ！」

王族らしい威厳を見せつけ、ヴェアンが朗々《ろうろう》とした声で一喝するや否や、衛兵があわててリリーサを取り囲む。

衛兵に拘束されたリリーサが金切り声で笑っていたが、振り返るいとまもない。

そうこうするうちに、客人が泊まる部屋の一つに連れ込まれ、扉に鍵がかけられる。

誰にも邪魔されないようにしてから、レナードはゼラを下ろし、向き合う形で抱きしめた。

急いた口調で治癒の魔法を唱え、腕の傷を指でなぞると、たちまち刻まれた爪痕が消えていく。

安堵に大きく息を落としたレナードは、疲れを隠さない声でゼラを気遣う。

「大丈夫か？　酷いことを言われただろう」

「ううん。慣れてるから、平気」

これ以上心配させるのは悪い気がして、ゼラは傷のあった場所を撫でながら頭を振る。

「言われるのに慣れたとしても、胸が痛むことに変わりない。……変な気を遣わずに俺に甘えろ。心配ぐらいしたいんだ。恋人として」

恋人と言われ、愛しげに扱われ、甘えろと乞われ、嬉しく幸せなのに、気持ちのどこかが淀《よど》んでいる。

――天の亀裂を封じたら、世界の歪みを正したら、レナードは貴方のことを忘れるわ。

リリーサの吹き込んだ毒が、ぐるぐると頭の中で回りゼラを呑み込もうとしている。


レナードとゼラが結ばれるルートなど、このゲームのどこにもない。

歪みが生んだ虚構。

正しい話の流れには、貴女の為に用意された恋はない。


天の亀裂は、リリーサが原因であるという前提で、ヴェアンもレナードも話を進めていた。

それはつまり。

「リリーサは、異世界から来た聖女なの？」

頭の中で組み立てた仮説が真実と知るのが怖くて、声が震えそうになる。

すがるようにレナードの胸元を掴み、寄り添って尋ねれば、そうだと端的に答えられた。

「正しくは、魂だけが異世界から召喚された人間だ。……本来のリリーサは、十二歳の夏に熱病で息を引き取ったのだろう」

痩せた土地をあてがわれた貧しく子だくさんの子爵家にとって、リリーサは特別な娘だった。

それは、後に聖女となることを予見していたわけでもなければ、親が娘を望んでいたからでもない。

――生まれながらにして、銀の髪、銀の瞳、銀の爪と、極めて珍しい容貌を持っていたからだ。

聖なる銀、神に祝福された輝きを持つ娘の噂は、年を取るごとに広まり、こぞって人が押し寄せた。

希少な容姿をした娘であれば、娼館《しょうかん》や好事家《こうずか》に高く売りつけられるだろうと。

すぐ死ぬ可能性の高い赤子より、ある程度育った少女のほうがよい値段がつく。

娘を犠牲にするのはしのびないが、残る子たちと心中するよりはましだろう。それに金が入れば、家の跡継ぎである息子にまともな教育も施せる。領民が望む風車小屋や農具も買える。

そう考えた子爵は、娘を買いたがる者達から養育費として金を前払いさせた。

一番高い値で売れれば、他の者にも返金できる。二人といない珍しい娘だ。飢え死にさせるのはもったいないと言い聞かせ、十三歳までの約束であちこちに金を出させて競争させた。

だがその娘が十二歳の夏に熱病となり、医者に診せる間もなく息を引き取ってしまった。

買い手に渡される十三の歳は翌月だった。

死んだ娘の代わりに残るのは借金しかない。

せめてあと半年ばかり生きてくれまいかと、追い詰められた子爵は魔法にすがる。

死霊術だ。

なけなしの金を積み上げ、怪しい魔術師に依頼し子爵は娘の身体に魂を呼び戻すことに成功した。

本来のリリーサではなく、異世界から来た違う娘の魂を――。

「異世界から召喚された者の特徴として、この世界と極めて似た物語や夢の記憶があるという」

「ああ……、それが」

予言の正体だったのだ。

異世界から招かれた別のリリーサは、〝ゲーム〟という物語を通して、この世界を俯瞰《ふかん》していたのだろう。

だから、どこでなにが起きて、どんな魔物が現れるのかをあらかじめ知っていた。

誰が魔王を倒す手駒となって動き、封じ、世界が平和になるかまで。

頭の奥が疼き痛む。嫌な予測ばかりが進む。

全部が全部、記憶通りではないのだろう。

リリーサが言うにはレナードの性格も彼女が知る情報とは違うし、記憶違いな部分もあるだろう。

けれど大きな流れは絶対に外したことはない。

それゆえ的中率から聖女と崇《あが》められたのだ。

「レナードもヴェアンも、天の亀裂はリリーサの仕業だと思っているの？」

「仕業というより、考えなしに引き起こしてしまったというのが正しい。あれは、異世界の力を我欲に利用することに酔い、あるべき形を歪めた。それが亀裂として現れた」

ゼラをなだめソファに座らせ、レナードはその前に膝を突く。

「ものを掴んでシャツの袖から手を抜く動作と同じだ。少しの力なら影響は出ないが、袖口以上に大きいものを掴んで、力任せに抜けば裂ける。……リリーサが聖女と賞賛されることで満足するか、あるいは王子の妃となるまでで野心を満足させていれば、天の亀裂まで至らなかった」

だけど彼女はさらに上を望んだ。王子ではなく王太子妃に、王妃に、あるいはそれ以上を。

異世界で見た世界の姿を伝えるだけでなく、そこに己の手を加え、歪めはじめる。

（ヴェアンの兄が死ぬのを見殺したのも、その一つ）

――あるべき流れを強引にねじ曲げるため、異世界の力を使い、それが負荷となって天を裂いた。

「厄介なのは、倒せばすむという話でない点だ。俺たちが戦った魔王は肉体を伴って召喚された存在だったが、リリーサは魂だけだ。肉体が死を迎えた後、魂も消滅するのか、あるいは元の異世界に戻るのか」

「別の肉体に召喚されて、そのまま別人となって世界に残るのか……だね」

「幸い、リリーサが作ってしまった天の亀裂はまだ小さい。ゼラなら塞げる筈だと……ヴェアンが」

辛そうに声を絞るレナードの頭を膝に抱き、ゼラは窓の外を見る。

「封じられると……思う」

魔王が作った地の亀裂からは、竜や巨人などの大型の魔物も出現していた。だが、リリーサの作った天の亀裂から現れる強敵はガーゴイルまで。

魔物も警備兵や騎士で対処できている。簡単ではないが前の経験もある。公算は大きい。

緑光を放つ、人の目に似た不気味な亀裂を見ながら、けれどゼラの記憶は、まったく別のものに縛られる。

――天の亀裂を封じれば、レナードはゼラを忘れる。

リリーサがこの世界の未来を歪めた余波で、レナードがゼラを恋するようになったのであれば、正しい流れに戻った時、その熱も想いも消えるのだろうか。

膝に抱いたこの頭の重みも、指に触れる金色の髪の優しい感触も、伝わる熱も、二人でいるこの時間も、儚い幻になってしまうのか。

（そんなことはない。いつものリリーサの嫌がらせで、足を引っ張りたがってついた嘘）

強くあろうと自分に言い聞かせる一方で、思い当たる節もある。

仲間として接していた時は、常に礼儀正しく距離を置いていたレナードが、ゼラに触れたがり、甘やかすのを別人のようだと戸惑った。

ほだされ、好きの気持ちの表れだと受け止めていたものが、歪みゆえのものに感じられ、ゼラは知らず指を止めていた。

恋人に触れることで不安をなだめようとしていたのに、今は触れるほどに怖くなる。

失いたくない。失われたくない。好きだというこの気持ちを。

だけど――。

（正しい話の流れには、私の為に用意された恋はない）

そもそもが、ありえないほどの恋だった。

森で息を潜めて暮らす、存在さえ世に知られていなかった魔女が、世界を席巻《せっけん》する聖教会の君主ともなり得る男に愛されるなど、うまい話すぎるではないか。

婚約者などいないと否定されたが、本来の流れではどうだろう。

聖王の娘を娶り、誰もが当然と思うような正しく輝かしい未来が用意されていたのではないか。

（嫌だ。嫌だ。嫌だ）

頑是《がんぜ》ない子どものような自分の声が、頭の中を埋め尽くす。

震える唇で息を継いで、でも、それもできなくなって、息苦しさに身を震わすと、ゼラの膝に頭を委ねされるままになっていたレナードが顔を上げた。

「ゼラ……？」

蒼い瞳が真っ直ぐに自分を見つめてくる。綺麗なすべてを見透かす一途な眼差し。

それも虚構で全部、嘘？

なんでもないと、悪い口癖を声にしようとした刹那、部屋の扉が叩かれる。

「お休みの処申し訳ありません。……問題があって遅れていた御前会議に、レナード卿も参加いただけないかと国王陛下がお望みです」

感情を差し挟まない軍人らしい声に乞われ、レナードが不承不承《ふしょうぶしょう》に返事をする。

「わかった。すぐ向かう」

言いながら、手は裏腹にゼラの後頭部を引き寄せ、あっという間に唇が重ねられてしまう。

恋情の熱を帯びた衝動的なものではない。かといって、身体を求め抱く時の官能の合図でもない。

まるで叶わない願いと知りながら、それでもすがり、祈るような切なく静かな口づけに、ゼラは震えながら応じる。

角度を変えて重ね、離れる瞬間が惜しいとばかりにまた触れる。

時間にすれば、一分もなかっただろう接吻は、不思議なほど長く心を揺らす。

「ゼラ、どこにも、行くな」

「行かないよ。迷子になったら困るもの」

危険だから部屋を出るなという意味なのだと、勘違いした素振りで笑う。

「……困らせない。必ず捜す」

そうだろう。半年もの時間をかけて、片田舎に引っ込んでいたゼラを見つけたぐらいだ。

きっと捜し当ててくれるだろう。

——ゼラのことを忘れなければ。

胸苦しさを我慢して、ゼラは苦笑しながらレナードに手を振る。

夜には戻る。との言葉を残し、会議へと向かった彼の姿を無情な扉が隠してしまう。

ゼラは苦笑を引きつらせた顔で立ち上がり、そのまま、隣室にある寝台へと倒れ込む。

「ふ……ッ、ぅ……」

我慢していた涙が寝具に染みる。

漏らした嗚咽は羽毛の詰まった枕に吸われ、息遣いだけが隙間から漏れる。

天の亀裂をこのままにしておけない。

塞がなければ魔物がいつまでも現れ、人々が嘆き苦しみ続ける。

だけど天の亀裂を塞いだら、世界の歪みを正したら、レナードはゼラに恋したことを忘れるという。

聖女の皮を被った女に騙されて、吹き込まれる悪意のままゼラを忌避《きひ》した人々を助ければ、騙されず、ゼラの本質を見守り、求めてくれた男を失う。

——それでも、この世界を救う価値はあるかしら。

すべてを踏みにじる傲慢さを見せつけながら、高笑いを響かせるリリーサの幻影が、際限なくゼラに問いかける。

この世界を救う価値はあるかしら？　助ける意味はあるかしら？

愛する男を失って、ひとりぼっちになってまで——。

第六章

泣き疲れて眠り、目覚めたゼラは仰向けとなって空を見る。

天の亀裂が夜雲の間から不気味な緑光を落とし、王都を妖しい色で染めている。

切り開かれた傷口か、あるいは細められた魔物の目のような形をした裂け目の中心部には、黒く光すら通さない渦がある。

時折、轟音とともに雷光が落ちると、黒い渦から蝙蝠のようなものがわあっと広がり——王都のどこかへと消えていく。

魔物だ。

こうしている間にも、誰かがどこかで魔物の犠牲になっているかもしれない。

そう思うとゼラは、居ても立ってもいられなくなった。

今すぐ窓から飛び下り、空を駆け、魔物を生み出す天の亀裂を塞いでしまいたい。

自分ならできる。異界の門を閉じる能力を持つ、古代の貴種イグニスの生き残りである自分なら。

(あの亀裂を閉じれば、レナードは私に恋したことを忘れる)

望むわけもない未来に喉を鳴らし唾を呑む。

——すべてを失うのがわかっていて、なお、この世界を救う価値があるのかしら?

嫌われてるのに、誰も愛さないのに、ひとりぼっちで年老いて死ぬのがわかっているのに。

聖女のはなった悪辣な呪詛が胸を締め付け、呼吸を苦しくさせていく。

「だけど」

呟き、思い切り頭を振りしだき、弱りかけている自分を取り戻す。

「このままには、しておけない」

深呼吸で冷静さを保ちつつ、ゼラはようやく身体を起こす。

それから、部屋の隅にある水盤の前に立って、腫れぼったい目を冷やす為にしつこいぐらいに顔を洗った。

最後に勢いをつけて、両手で頬を叩く。

ひりつく痛みが走り抜けるが、気持ちいいほど目が覚めた。

眠っているのか、泣いているのかわからない曖昧な時間の中で、ゼラは幾つもの夢と過去を見た。

幼い日のこと、母のこと、魔王を倒した時のこと、リリーサの挑発にレナードの微笑み。

万華鏡《まんげきょう》を覗くように記憶の欠片が振ってきて、その中をさまよいながら二つのことを考えた。

ゼラたちが戦った魔王とリリーサと、そしてゼラの祖先であるイグニスの民と。どちらも異世界から来た者であるのに、どうして魔物を呼ぶ側と封じる側に別れたのだろう。

そしてもう一つは、母とスケさんの在り方だ。

迎えに来ると約束しながら、いつまでも戻らない父を待ち続け、愚痴一つ漏らさず、明日来るとわくわくしながら過ごせて幸せだったと微笑んで逝《い》った母と、殺されて五十年も未練を残し、骨となってなお毎晩、駆け落ちし損ねた恋人の墓に花を手向けに行くスケさん。

どちらも、捧げた愛が報われることはないのに、相手はいないのに、変わりなく気持ちを綴っていけたのだろう？

まったく違う疑問だが、答えは驚くほど似通っていた。

（きっと、期待と希望の違いだ）

あるいは、世界に対する愛着の有無か。

魔王にしろリリーサにしろ、異世界からこの世界へと迷い込み——期待したのではないだろうか。別の世界では得られなかったものが、得られるのではないかと。

リリーサは王太子妃に、ひいては王妃になることを期待して、ヴェアンからの好意を求め立ち回っていた。異世界の力を乱用して運命の流れを歪め、やり過ぎた結果、この世界に天に亀裂を刻んでしまった。

魔王については推測でしかないが、同じように世界に期待し見返りを求め立ち回り、最後には欲に呑まれて暴走したか、あるいは見返りを与えない世界を恨み、復讐しようと力を暴走させたのか。

いずれにせよ、自分にとって都合がいい状況を得ようと、世界を歪め作り変えた結果と言える。

翻って、イグニスの民は異世界からの力を塞ぐほうへと用いた。

それは、この世界の在り方をそのまま受け入れ、希望としたのではないだろうか。

二つの言葉は似ているが、大きく違う。

相手を思うままにしようと考え、己の意図を押しつけるのが期待。

見返りを求めることなく、相手にも選択する余地を託すのが希望。

母やスケさんは、愛を希望としていたからこそ、相手が側にいなくても同じ気持ちを綴り、満ち足りた日々を重ねられたのではないか。

目を閉じて考える。自分がレナードに抱く気持ちは期待か希望か。

（愛に愛で応えられるのは嬉しい。だけど、レナードの本質や心を犠牲にしてまで、私は私の思うままにしたい？）

答えは否だ。

レナードがあるがままのゼラを見て、好きだと言ってくれたように、ゼラだってあるがままのレナードが好きだから想いを結んだ。

歪みを正し、世界があるべき流れに戻り、レナードがゼラへの恋心を失っても、それがなんだと言うのだろう。

たとえ、愛する人に忘れられる未来が待ち受けようと、愛されたことの嬉しさや楽しさ、幸せな気持ちは、ちゃんとゼラの中にある。

それにひょっとしたら、ある日突然思い出して、笑いながらゼラの元にやってくるかもしれないではないか。

帰らぬ父を恨むでもなく、わくわくしながら待っていた母と同じように、明日来るかもと考えながら日々を重ねるのは、きっとそんなに悪くない。

「この世界に、救うべき価値はあるかしら？　……か」

リリーサの挑発を言葉にし、ゼラは唇を三日月の形に歪めうなずく。

「あるに決まってる」

空で輝く緑の裂け目を睨み、勝ち誇った顔で挑発に挑発で返す。

この世界には、救うべき価値がある。

覚悟を決めたその時だ。

背後で扉が開く音がして、眉間に皺の跡を残したレナードが部屋に帰ってきた。

「すまない。こんな時間になってしまって」

「ううん。いいの。……会議が長引くのはわかりきっていたし。落ち着いた時にゆっくりしよう」

恋人の眉間に残る皺を人差し指で撫でて消しながら、ゼラは半分本音、半分嘘の言葉を笑顔で告げる。

また今度なんてたやすく口にしたが、ことが終わった時に、レナードがそれを覚えているかはまったく不明なのだ。

（だとしても、今は私の時間だ）

泣きそうになる気持ちを意地で抑え込んでいると、レナードは一度だけ唇を噛み、それから嘆息しつつゼラを腕に抱きしめる。

「まったく。俺の恋人のいじらしさときたら。甘やかしてやりたくてたまらないのに、気がつけば、いつも俺が甘やかされている」

ゼラの肩口に顔を埋め、よく懐いた獣と同じ仕草で額を肌に擦り付ける。

そのたびに、レナードの髪が頬やうなじに触れてくすぐったい。

いつもなら、もうっと笑って身を離すのに、今日だけはもっと触れていたくなり、ゼラはレナードの背に腕を伸ばし、自分からも抱きしめる。

「そんなことないよ。私もたくさん甘やかされていて、幸せだったよ？」

「………ゼラ」

素直に思いを告げた途端、レナードが動きを止める。それに合わせてもっともっと気持ちをさらけだす。

「好き。本当に好き。大好き。……レナードが一番、なによりも好き」

祈るように、願うように、忘れないように何度も繰り返す。

常になく素直なゼラの告白に、レナードの身体がみるみる熱くなり、一瞬で耳までもが赤く染まる。

「そういう風に、沢山好きといわれると……照れるものだな」

「嫌？」

「まさか。……ちょっと、くすぐったい気分にはなっているが」

さらりと音を立てながら、レナードはゼラの黒髪を掻き上げる。

頭皮をかすめる男の指が心地よくて、うっとりと目を細め感じ入る。

耳裏に爪を立てられ、びくりと小さく肩をすくめれば、ふ、と吐息だけで笑われてしまう。

わななく唇からこぼれる息が熱い。

抑えきれない恋情と劣情で、レナードの蒼い瞳が爛々《らんらん》と輝いている。

雄の視線に囚われ、緊張と興奮をない交ぜにして息を紡ぐゼラの前で、レナードは軍服の喉元をくつろげ肌を晒す。

喉を鳴らして唾を呑む。

心臓だけではなく、血管までもが鼓動にあわせ、どくっどくっと脈打つようだ。

レナードの指が耳の後ろから顎へと至り、それから喉をくすぐり膨らむ双丘の麓を撫でる。

じれったいほどゆったりとした動きに、先を知る身体が焦れるが、ゼラはあえて身をくねらせ指から逃れ、逆に自分から相手に触れる。

「好き」

忘れないように沢山思いを告げて、彼の声や表情を心にたくさん刻んでおこう。

――大好き。愛している。

声にしながら、声以上に胸の内で思いを叫ぶ。

世界よ見るがいい。

私はこの男を愛した。たとえ正しくない歴史だとしても。

ただ触れているだけなのに、息がどんどん急いていく。

自分より強靱な肉体、熱い体温、呼吸ごとに大きく上下する肩。

やがてゼラは、レナードの背に回した手で身体を探り、身を擦り付けだす。

まるで発情した猫みたいだなと思うが、いやらしいとか恥ずかしいとは思えず、逆にこれが自然な気がした。

もし、今夜が最後なら、本能のままにこの男を抱いて身体に刻みつけたい。

世界がすべてをなかったことにしても、自分だけは最後までずっと覚えていられるように。

背を撫で、うなじを指でなぞり、髪をかき乱す。

ゼラの必死な誘惑にレナードが顔を上げた瞬間、つま先立って唇を奪う。

触れるだけで、技巧も駆け引きもない接吻だが、愛しい女が無邪気に求める仕草ほど、男の気をそそるものはない。

その間にも、手は休まずに男の肌を辿り続ける。

硬い骨格を覆うなめらかな肌、張り詰めた筋、柔らかい首筋を滑り降りる途中にある、喉仏の大胆な隆起。

戯れるようにゼラが繰り返し唇を触れさせ、笑っていたのが、いつの間にか抱き寄せられ、激しく、深く口づけられる。

頭を引き寄せて唇を奪い、吸って、歯で挟んで、舌で弄ぶ。

「ん、っ……ふ、ぁ……あ」

声を漏らすと、待ちかねたように舌が内部に入り込み、ぐちゃぐちゃと口腔をかき回す。

ぞわわっと身体中の毛が逆立つ感覚が走り抜ける。と同時に腰を強引に抱き寄せられ、ゼラは思わず目を開く。

口づけながら、レナードは片腕でゼラを抱き上げ、部屋をよぎる。

かろうじて床に触れていた靴のかかとが、男の強引さと余裕のなさを示すように、毛足の長い絨毯に線を刻む。

寝室に至った途端、二人縺れながら寝台へと倒れ込む。

突然の乱入者に、天蓋から下りる薄膜が空気を含んでふわりと揺れる。

それが戻るか戻らぬかのうちに、レナードは荒っぽく軍服の上を脱ぎ捨てる。

勢いを緩めず、ボタンを引きちぎるみたいにしてシャツも脱ぎ、諸肌を晒したレナードは緩く流している金髪を手で後ろに撫でつけて、秀でた額を露わにする。

先ほどと今では、別人のように印象が違う。

禁欲的だと思うほど、きちんと整えている軍服が消え、代わりに鍛えられた胸筋が呼吸ごとに隆起し、雄としての強さを見せつける。

それからゼラのうなじに唇を這わせ、服を止める立て襟の留め金に歯を立てた。

肉食獣じみた仕草でレナードが首を振ると、金具が外れる音がして服が落ち、胸どころか腹まで剥き出しとなる。

「っ！　レナー、ド……！」

うろたえ、哀れっぽい声をだしてしまうが、構わずそのまま倒された。

癖のないゼラの黒髪が中空に流線を描き、白いシーツの上に放射状に広がる。

灼けつくような視線を感じて息を呑むと、滑らかな胸郭の上で果実のように乳房が震えた。

レナードは乱れ散ったゼラの髪を一筋、指にすくい上げると、女王の裾に口づけ忠誠を誓う騎士と同じ動きで己の唇に触れさせた。

「綺麗だ。何度見ても、何度触れても、そして……何度抱いて貫いても、俺を魅惑してくれる」

夢見心地な声色で賞賛してくれるけれど、口元は淫らな期待に薄く笑みを刻み、額に乱れた前髪が落ちるさまは、ぞくぞくするほど艶めいている。

喘ぐように息を紡ぐ。もうレナードの声だけで身体が反応しそうだ。

暴かれた胸は興奮に膨らみ、先で色づく淫らな花蕾はとうに頭をもたげていた。

淫蕩な笑みを唇に刻んだまま、レナードは人差し指だけを立てて、己の手をゼラの乳房へと伸ばす。

触れられることを知る身体が小さく跳ねるが、期待した刺激は訪れず、焦らすように膨らみの側面だけが指でなぞられる。

呼吸を乱しながら、それでも触られるばかりではやりきれなくて、ゼラもレナードの胸板に手を伸ばす。

張り詰めた肌は浮き始めた汗で湿っていて、驚くほど自然にゼラの掌に馴染む。

興奮で上気した体温はゼラより少しだけ熱かったが、撫で回すうちに伝播《でんぱ》して、不思議な一体感を生む。

皮膚の下に走る血脈までわかってしまうほど、手が男の肌に吸い付いて離れない。

ゼラが感じた分だけレナードも感じるのか、ほう、と悦に入った息を何度も漏らし、心地よさげに目を細めていた。

お互いの感覚が共鳴して、別々の体内で高まる鼓動が同じ旋律を刻みだす。

そうなるともう、緩やかな動きでは物足りなくなって、どちらからともなく激しく探り合う。

「は、あ……あ、んっ、……ぅ」

大きな手がゼラの胸の膨らみをすっぽり包み、指を絡めるようにしながら形が変わるまで揉みしだく。

一足先に愉悦を注がれ腰をくねらせながら、ゼラも必死で愛する男の性感を探る。

脇腹に滑らせた手を背中に回し、綺麗に浮いた肩甲骨に爪を立てる。

「く……ッ」

引き絞った弓のように男の首が反り、形のよい喉仏が隆起する。

女とは違う造形に惹かれ、上体を起こし口づけると、まるで小さな生き物のように震えわななき、かすれた喘ぎが耳に届く。

恋人を感じさせられた誇らしさが興奮を煽る。

まだ触れられてもいない足の間が温かく湿りだし、へその奥がはしたない期待に灼ける。

滴る愛蜜で濡れた下着が敏感な粘膜に張り付き、身動きごとにぬるぬると滑るのがいやらしい気がして、太股をすりあわせたり、尻をくゆらせたりして隠そうとする。

だけどそのたびに、服はどんどんずり下がり、いつの間にか膝まで肌が剥き出しになっていた。

足首に絡まる布の分だけ、レナードとの隔たりになっているのが邪魔に思えて、ゼラは獣じみた動きで蹴り落とす。

すると、乳房を唇で辿り楽しんでいた男が、可笑《おか》しげに喉を震わせながら、太股へ手を押し当てた。

「ふぅ、あ……あ！」

快感の溜息を聞くや否や、レナードは掬うようにしてゼラの左膝を持ち上げ、自分の肩に掛けてしまう。

粘ついた水音がした瞬間、蜜口から会陰をつたい敷布の上へ愛露が滴った。

「すごく濡れてるな……。本当に、どうしたんだ？」

からかう声まで腰に響く。

そんなこと言わなくていいのにと目を潤ませれば、謝るように抱えた膝に口づけられ、それから胸を強く吸引されてしまう。

「あああ、う、あ……あ……っ！」

膨らみ敏感となった乳嘴が生々しいぬめる感触に襲われ、卑猥な刺激に四肢がぴんと突っ張った。

すすられ、たっぷりと唾液を塗りまれ、根元を歯列で甘噛みされる。

感じ方が変わるたびに、ゼラの声が甘く高く変化して、男を酔わす淫靡な歌になっていく。

抱かれるほどにより淫らに、よりたやすく、レナードの指や唇はゼラの媚態を花開かせる。

ゼラは翻弄されるまま、甲高い嬌声を放ちながら、がくがくと腰を跳ねさせた。

寝台に触れている足指がシーツを掴み、痛いほどに折れ曲がっていく。

女の乳房にかじりつき、含んだ尖端をおいしそうに口腔で舐め回し、そうやって愉悦で気を惹く傍ら、レナードは下肢を覆うズボンを蹴り脱ぎ、何一つ纏わぬ身となってゼラの身体に覆い被さる。

「っ、ふ……、んん」

男と肌が密着する部分から熱が染み入り、腹の奥底に集い、秘められた子宮が甘く疼く。

張り詰めた屹立で、秘裂の浅瀬をくちくちとこね回されれば、柔らかくほぐれた陰唇がねだるようにぴくぴくと痙攣しながら硬く太いものへ絡む。

ぬる、ぬるっ、と確かめるように入り口を竿の部分で擦り上げ、秘筒がとろけているのを察すると、一切の容赦なく、力強く腰を突き上げる。

「ひあっ……あ、や……んあっっ！」

奥処へむかって、くっ、くっ、と膣が男を引き込もうとしているのがわかる。

答えるように、充溢し、張り詰め硬くなった丸い部分で奥を小刻みに叩かれると、それだけで気が遠くなるほど感じてしまう。

「ンあっ……！　や、ああっ……！　あーっ！」

膣口がひとりでにすぼまり、一瞬でも長く自分を満たす欲望をとどめようとする。

濡襞になめ回された怒張が、脈をうち、さらに大きく膨らむのがわかる。

凶暴なほどに硬いものが限界まで押し込まれ、愛撫によって下りてきた子宮口に触れた。

「っひ……ッ、い！」

かっと目をみはり、喉を反らし、身を穿つものから響く愉悦に震える。

頭の芯がジンとしびれ、意識を白く焼かれながら、ゼラはあられもない達し声を響かせる。

「あ、ひっ……、ぁ、ああっ！」

過ぎた悦楽に全身が総毛立っているのに、レナードは髪は乱すほど激しく腰を使い、ひたむきに己の雄で女を拓く。深く、長く、より強く。

腰をつかむ男の指が、その力を増し、互いの茂みが縺れあう。

嵐のように、あるいは、野で戯れる雌雄の獣のように、寝台のシーツが波打ちしわ寄ってもお互いに、脚も舌も絡め合い、肌を味わい身を擦り付ける。

そうして絶頂に次ぐ絶頂で、すっかりけだるくなった頃、レナードが己の雄の根元を押さえ身を起こす。

体位を変えるのだと気づいたゼラは、肩に伸びてきた男の手を頬に当て、腕に腕を絡ませ起き上がる。

手も足も快楽に震え過ぎて感覚が曖昧で、指の先までけだるさが満ちていたが、今日だけは受け身でいたくない。

だから身を起こしたゼラは、えいっと気合いを入れながら、レナードの肩を掴んで腰をひねる。

そのまま男の胸にしだれかかって押し倒し、ついには腹上にまたがってしまう。

「ゼラっ……ッ、おま……ぇ」

驚き、反射的に身を起こしかけたレナードの胸の先を爪で擦ると、面白いほど綺麗に背が反り返り、美しい顔が官能にゆがむ。

初めて見た表情に胸が弾むと同時に、嗜虐的な気持ちを煽られて、なるほど、レナードが愛撫の限りにゼラを達かせ倒すわけだと、変な処で理解する。

自分の仕草に反応して、戸惑い、目元を赤く染める顔が色っぽい。

困惑と快感の間でゆがむ顔を見られるのは、恋人であるゼラの特権だと思うほど、達成感がいやまして、とてもどきどきしてしまう。

「そういう悪戯も悪くないが、無理するな。……起きているのもきついだろう」

髪を掻き上げ、次いでゼラを転がそうとするレナードの手から身をよじる。

「やだ。なにもしないで……。今夜は、私がレナードを抱く」

無邪気に告げた瞬間、みたこともない初々しさで恋人の頬が赤く染まり、拗ねた様子で視線がそれる。

ごめんね、と囁きながら、自分が愛された夜を思いだし、男の首筋や鎖骨、胸筋と口づけを残しつつ腰を合わせていく。

天を貫く剛直が尻の谷間に触れた瞬間、その堅さと熱さにどきりとしたが、ここでひるんでは意味がない。

「好き。大好き……愛してる」

誰よりもなによりも貴方が欲しい。思いを込めつつ腰を浮かせ、濡れそぼった秘部に先端を当てる。

「んんんんっ……っ、ぅ！」

亀頭が秘唇を割った途端、安堵で腰の力が抜けた。

力の入らない下肢で加減などできる筈もなく、ゼラは、そのまま一気に愛する雄の欲望を己が身に呑んでしまう。

ずんっ、と衝撃が走ったのと、重く激しい快楽が穿たれた部分から脳天まで突き抜けたのは同時だった。

「あああっ」

すっかり高まっていた身体は、なすすべもなく絶頂へと流され、男のものの一突きだけであっけなく上り詰める。

自重がかかるせいなのか、上から挿入されるよりはるかに深く、受け止めている気がする。

崩れた膝を浮かし、楽になろうとするけれど、少し尻が持ち上がるとすぐに力が抜け、ずぷっと剛直を呑みながら腰が落ちる。

「ぁ、あ……、は」

自分で咥えこんだものが、蜜肉を押しひしぎながら、びくびくと盛んに脈動しているのがわかる。

目で見るよりつぶさに、膣内にある剛直の卑猥な造形が脳に焼き付く。

茫洋とした眼差しを恋人に手向けながら、ゼラは幼く甘えた声を出す。

「あ……んんぅ……やぁ、……深い、よう」

尖端が強烈に子宮の入り口に当たっているのに、腰が震えて力が入らない。

じんわりとした圧は、達くこともできず、なのに媚悦が消えることもなく、甘苦しい責めとなってゼラを縛る。

「だ、め……。もう……も、ぅ」

喘ぎ息をつぐごとに、蜜口から奥まできゅっ、きゅっと痙攣させられては男だってきつい。

なにもしないという約束の鎖を引きちぎり、レナードは力が入らないゼラの腰を、両脇からがっしりと掴み、己の下肢へと押しつける。

淫猥な震えが腰骨から首筋までを這い上がり、結合部が新たな蜜でじゅわりと濡れた。

「ひ、……ぁ……、だめっ、だめぇ！」

みっしりとした肉棹でごりごりと奥の奥を抉り回され、ゼラは終わらない絶頂に悲鳴を上げる。

そのうち、腰奥から強い衝動がせり上がってきて、尿意に似た何かが下腹部を襲う。

「ンンっ、ぅ、あっ……漏れちゃ、ぅッ！」

そそうをすると思い込み、ゼラは黒髪を散らし首を振りたくり身悶えるが、ずっと吐精を堪え淫獣と化したレナードは止まらない。

腰を大きく振るいあげ、全身をつかって肉筒を穿ち、愛する女の名を吠える。

「ゼラ！」

喜悦に灼けた脳裏に、求める声が響き渡る。

絶頂に目眩を覚えのぼせ、気を飛ばす中、限界まで感じきった女陰からぷしゅっ——と、音をたてて蜜潮がしぶく。

大量の蜜涙に洗われ、ねっとりとした蜜筒に包み吸われる中、ついにレナードは滾る白濁を放出した。

ぶちゅ、ぐちゅっと聞くに堪えない卑猥な音が響き、互いの陰液が混じり結合部をしとどに濡らす。

力を使い果たし、爛れ溶けるようにして、男の身体に崩れ落ちながら、ゼラは愛する男と繋がったまま、束の間の眠りについた。

翌朝は雲一つない快晴だった。

おかげで天の亀裂がよく見える。

街は死んだみたいに静まりかえって、教会が鳴らす鐘の音が高くどこまでも響いている。

「本当にいいのかい？」

国で一番高い鐘楼《しょうろう》を持つ大聖堂の入り口で、ヴェアンが呆れた様子で確認する。

「うん。送ってくれてありがとう。ここからは一人で大丈夫」

羽織っていた毛皮の外套を渡しながら言うと、彼は琥珀《こはく》色をした瞳の目尻を情けないほど下げ嘆息する。

天の亀裂を塞ぐと決めたゼラは、レナードに言わず王宮を出た。

全部が終わって歪みが消えた時、ゼラへの恋愛感情をなくしたレナードから、どうしてゼラとここにいるんだ？　みたいな顔をされたら、やっぱり傷つく気がするのだ。

いっそ忘れるのであれば、ゼラとは関係ない場所で忘れて欲しい。

二人で過ごした森での日々を、レナードだけが失うさまを目の当たりにすれば、ゼラはきっと泣いてしまうだろう。

女子どもに優しいレナードのことだ、たとえ仲間だという記憶しかなくても、ゼラに涙の理由を問い詰めるに決まってる。

その時に、秘密を守りきる自信がない。

下手に端緒《たんしょ》を掴まれて、痕跡から自分のことを知ってしまえば、きっと責任を取るとか言い出して、好きでもないのに頑固に結婚を望むだろう。

かつて愛を交わした男から、愛もないのに妻とされて義務だけで尽くされるのは辛すぎる。

今後、レナードの心に新たな恋が芽生えれば、きっとゼラの存在が足枷《あしかせ》となって彼も自分も苦しむ。

(それよりは、なにも知らないまま、伸び伸びと心のままに生きてほしい)

とはいえヴェアンには話を通す必要があった。

魔王の地のものにせよ、リリーサの天のものにせよ、亀裂はおとなしく塞がれるものではない。

折角できた出口を失うまいと、魔物がどんどん吐かれるだろう。

地底ならば被害を気にすることもないが、場所は王都だ。

民を避難させ、魔物が遠くへ逃げないように人を配する必要がある。

それを命じることが出来るのは、この国の君主か、それを継ぐ者だけだ。

「地上のことは任せたたね」

鐘楼付近の住民はとうに避難を済ませている。

兵だって、抜き身の剣を片手に少し離れた処で待機していた。

「君らさあ……、本当にさあ」

王子らしからぬ雑な仕草でヴェアンが後頭部をかき乱す。

苦い薬でも飲まされたような渋面は、ゼラの仕打ちが不服だと言葉より雄弁に語っていた。

「恋人の朝食に眠り薬を入れるなって、言いたいんでしょ」

指摘すると、ヴェアンがぐっと顎を引いて、それから盛大に溜息をついた。

「……いろいろ言いたいことは一杯あるけど、めんどくさいからもういいや」

さっさと片付けようかと、やる気なさげに手を振る様は、地底で魔王を倒した時と同じだった。

とはいえ、口ほどいい加減な気持ちではなさそうだ。

ゼラが大聖堂の扉を開けた途端、背負っていた両手持ちの大剣を構え気を放つ。

勇者である彼の剣気は、とかく魔物に嫌われる。

魔犬や小鬼程度なら、身を焼く剣気に当たるまいと散り逃げる。

大丈夫だと確信しつつ、ゼラは鐘楼の階段に足を掛け、登りながら呪文を唱える。

合間に、腰から下がる鎖をたぐり、中から触媒となる輝石を取って落とす。

虎目石、瑠璃、碧玉、紫水晶——と、呪文によって魔法の力を帯びた石は、七色に輝きながらゼラの周りを螺旋状に回り出す。

ちょうど、北星に従う他の星々のように、ゼラを中心にして光が渦巻く様は、遠く見守る王都の民からは虹《にじ》を纏う女神に見えた。

そんなこととはつゆ知らず、ゼラは鐘の下がる天辺で呼吸を整えナイフを取り出す。

古代魔法を唱えようと左の掌に刃を当てて、そこで少しだけためらう。

毎晩のようにレナードが治癒の魔法を重ね、薔薇の香りがする軟膏を塗り込めてくれたおかげで、ついていた古傷はもう見えない。

白く、きめ細かい肌はまるで生まれたての赤子のようで、それを傷つけてしまうことに、気が引けたのだ。

――世界を救うために傷すら厭わず戦ってくれた、強く、優しく手を持つ女。そんな女はどこにもいない。

ゼラだけだ。

ありったけの愛おしさを込めたレナードの声を思い出しながら、ゼラは手に当てた刃を横に引く。

鋭い痛みが走り抜けるが、束の間のことだ。

ゼラが流した血は、地上へ滴り落ちる前に紅から緋色、そして黄金に色を変えながら膨らみ、光球となって王都の空を巡りだす。

そこまできて、天の亀裂にも異変が起こった。

空が嘔吐くように亀裂周辺の空間が歪み、亀裂から落雷とともに魔物が放たれる。

数え切れない魔物が天の亀裂から吐き出されていく。

一匹一匹は小物だが終わることなく増えていけば、訓練された騎士や兵士も隊列を崩される。

そんな中、大聖堂の周辺だけは魔物の存在を許さない。

ヴェアンの剣気が小物を弾く傍ら、それが効かぬ強い魔物が、透き通った蒼い刃に一閃され屠《ほふ》られているのだが、詠唱に入ったゼラは気付くよしもない。

右の掌をも切り裂き、両方から血を流し、天へかざしながらゼラは古い古い呪文を歌う。

――そして王都の民は知った。イグニスの民がなぜ、太古の貴人と呼ばれるのかを。

あらゆる魔法と異なり、古代魔法はたった一つの母音だけで成り立つ。

多々ある言語に必ず記される〝ア〟の一語だけを頼りに、二百五十六の音階と六十四の変調を組み合わせ、自らを楽器のように奏で紡ぐもの。

神を褒め称える至高の聖歌とも、歴史に残る華やかな歌劇曲ともまるで違う。

原始的でありながら、唯一永遠の響きは、人の喉から出されたとは思えないほど美しく、耳にしたものの恍惚を誘う。

流された血から生み出された光球は、繭《まゆ》から弾かれる絹糸さながらに旋律に乗ってほどけ、亀裂を丹念に縫い上げていく。

最後の一音がゼラの喉を離れ、天の亀裂がまぶたのように閉じ合わされる。

安堵に気を緩めた瞬間、最後の落雷から生み出されたガーゴイルが、死角となっている背後から、ゼラへ向かって吊された鐘を蹴り飛ばす。

焔となり、氷の刃となり、空を飛びゼラを狙う魔物を弾いてきた輝石も、物理的な障害には反応しない。

背を押されるままに、鐘楼の縁を踏み外し、ゼラは黒髪をなびかせながら落下する。

これは死ぬ。

そういえば、地の魔王を倒した直後も死ぬと思った。

危機を覚えることさえ間に合わぬ中、ゼラが既視感に微笑みつつ目を閉ざせば、側で鳥が羽ばたく音がして――。

「笑っている場合か、この魔女め」

愛しい男の怒り声が聞こえ、馴染んだ腕が中空でゼラを抱き留めた。

驚きに目をみはると、レナードの背中から現れた魔法の銀翼が二人を包み守っている。

「レ、レ……、レナー、ド」

信じられない。

眠り薬を盛られて、ヴェアンが寝台に引きずっていくまで見届けたのに。どうしてここにいるのだか。

寝ていたのでは、と唇の動きだけで問うと、彼は拗ねた仕草でふんっと鼻をならし、少しだけ乱暴に翼をはためかせ、ゼラの腰を片手で抱くと、もう片方の手に聖剣を構え、ゼラを追ってきたガーゴイルに八つ当たりも甚《はなは》だしい一撃を食らわせる。

派手に吹き飛んだガーゴイルの身体は、王都の城壁を越えたあたりで砕け、砂礫《されき》となって風に消えた。

憤懣《ふんまん》やるかたなしといった様子だったレナードは、ゼラの物言いたげな困り顔をみて溜息を落とし、地上に降りてから吐き捨てる。

「ゼラとヴェアンが企む程度の悪戯が、見抜けない俺だと思うか」

怖い顔をされ、首を左右に振りしだく。

「俺は人生であと何度、惚れた女に置き去りにされればいいんだ？　ゼラ」

「……すみません」

恐縮し、小さくなってしょげていたゼラは、反省するためにレナードの言葉を反復して気がついた。

「レナード……。あの、私のこと、覚えてる？」

「どういう意味でだ。……言っておくが、恋人の筈がないとか、好きになったことを忘れたとか、下らん話を口にしたら、懇切丁寧に最初から最後まで、俺がどれだけゼラを好きかを実例つきで説明してやる」

声を失ったまま、ただただレナードの顔を凝視する。

「どうせ、あの性悪聖女に、天の亀裂を封じたら俺はゼラを忘れるとか、恋人になったのは歪みのせいとか言われたんだろう」

「どっ……どうして、それを知ってるの！」

リリーサの囁きが聞こえたとは思えない。

そしてゼラは誰にも口外していないのに。

すると二人に合流したヴェアンが、突然吹き出し、腹を抱えて笑いだす。

「ほらみろ、レナード。言った通りだろう！　絶対、ゼラも同じ嘘を吹き込まれてるって！」

「同じ、嘘って……つまり」

「レナードもだよ。……天の亀裂が封じられたら、ゼラはレナードの事を忘れる。しかも、俺と結婚しちゃうって、馬鹿げた嘘を書いたリリーサの手紙を信じてやがったの」

ないわ！　と豪快に空へ向かって叫び、ヴェアンはレナードの背を何度も叩く。

（だから、王都に行くのを急に渋りだしたり、先に聖王国へとか言い出したんだ……）

ここへ来る直前のレナードの様子を思い出す。

その時にはもう、先に嘘を吹き込まれていたのだ。

同じ事を考え、行動していた気恥ずかしさに、二人して頬を紅潮させる。

「だが、まあ……。たとえゼラが俺との恋を忘れても、何度でも、最初からやり直すだけだ」

ふわりと顔を和ませ、それからゼラの耳元へ唇を寄せて囁く。

「好きだと告白して、手を繋いで、キスして、甘やかして」

言葉ごとに実行したレナードは、冷やかしの口笛を吹くヴェアンに構わず断言した。

「忘れた数だけ、ゼラと恋をする」

言っておくが、俺はなかなかしつこいぞ。と照れ隠しの一言で締めくくられたが、そんなことは、半年もかけてゼラを探し当てたことからわかっていた。


天の亀裂を塞いだその日、ゼラは王宮に戻る道のりですっかり眠り込んでしまった。

魔王を倒した時と同じく、血と魔力を消費しすぎたのだ。

そして起きるなり侍女に囲まれ、湯面が見えないほど薔薇の花びらだらけの浴槽に追い込まれ、四人がかりで頭からつま先まで磨かれた。

なんだか変な夢だとおもいつつ、湯にのぼせながら考えていたのも束の間。

すぐ衣装室へと連れていかれ真新しいドレスを着せられる。

祝いの宴だろうか。だが、時間はまだ昼になったばかりだった。

「ささ、手を上げてください」

「こちらを向いて、動かないでくださいね！」

ゼラがなにごとか尋ねようとするが、急いでいるのか、侍女たちは聞く耳もたず、己の作業に集中している。

まったく、なんなのだと思って居たが、ドレスを着た自分が鏡に映し出されるのを見て、ゼラはうっかりと疑問を忘れてしまう。

おぼろげに向こう側が透ける極上の白絹を、古代風に何枚も重ねて肌を隠す様式のドレスは、動くたび裾に刺繍された薔薇模様が布の波から浮かび上がり、幻想的な意匠に溜息を漏らす。

（すごい、綺麗……）

袖口には雫《しずく》型に細工された純度の高い蒼水晶が下がり、ちりちりと鈴の音に似た音を立てるのも素敵で、美に対する女らしい感性が満たされる。

だが、ドレスの美しさに見とれていたのも髪を結われるところまでで、頭に白金でできた宝冠を被せられて我に返る。

「ちょっと待って！　これじゃ、まるで聖女みたいなんだけど！」

悲鳴を上げると、周りの侍女が困惑した様子で顔を見合わせる。

「お聞きになっていないのですか……？」

ゼラの黒髪に茉莉花の花を飾っていた侍女が恐る恐る尋ねてくる。

しかし、こちらは魔物の出る天の亀裂を封印してから、丸一日、魔力切れで寝ていたのだ。

——当然、なにもお聞きでない。

混乱しているゼラが、考え考え説明すると、まあ、と目を丸くされた。

「ああ、でも、時間がありませんので、こちらへ……。話はお二人に聞かれてください」

言うなり、装い終わったゼラを立たせ、急かすように王宮の内部を連れ回す。

なにがなんだかさっぱりわからない。

わかるのはお姫様か聖女のように着飾らせられ、どこかへ連れて行かれているということだ。

ほどなくして、王城正門に近い広間へと辿り着く。

侍女がゼラ様をお連れしましたと名乗ると、横にいた衛兵が恭《うやうや》しくゼラへ敬礼して両開きの扉を開く。

わあっという民の歓声と鮮やかな日差しに出迎えられ、ゼラが手を目の前にかざしていると、愛しい男の声で名を呼ばれた。

「ゼラ」

レナードだ。これは彼のたくらみなのか。

戸惑いながら目を瞬かせ、光に慣らす。

すると、聖騎士の礼装を身につけたレナードと、この国の王太子にして勇者――ヴェアンが、テラスの手前に立っていた。

レナードが目を細める。

「想像以上に、よく似合う。……とても綺麗で、誰にも見せたくないほど素敵だ」

言葉を惜しまない賞賛に頬が紅潮してしまう。

褒め言葉としては簡素だが、それだけに彼が感極まっているのだと、声の調子や見とれる目線でわかってしまう。

「ありがとう。でも、これ……なんというか、私じゃなくて、その、聖女が着る服みたいじゃない？」

リリーサといいかけ、訂正する。

すべての歪みであり、魔王と同じく魔物を呼ぶ存在と知れた彼女の名は、今や禁句となっていた。

今は、喋《しゃべ》れないよう声を魔法で封じられ、目隠しをされた状態で幽閉され、裁判待ちとなっている。

王太子を嘘の予言で死地へ追いやったことが発覚し、証人や証拠も出てきたたこともあり、極刑か、異世界から来た罪人専用の牢獄へ送られることになるという。

異世界から着た者が大罪を犯すと、極北の地にある氷獄《ひょうごく》へと送られるのだ。

決して溶けない氷塊に身柄を封じられ、幾重にも鎖を巻かれ、流氷の浮く海に沈められ、永遠に溶けるのを待たねばならない。

――死にはしないが、生きてもいない。

レナードがそう呟き、ヴェアンが薄ら笑いを浮かべたことから、過酷な罰だとわかったので、それ以上は聞かないことにした。

ともかく、彼女が消えた以上、この国に聖女と呼ばれる存在はもういない筈なのだが。

「聖女が着る服みたいじゃない……って」

ヴェアンがゼラを上から下まで一通り見て、肩をすくめる。

「いや、それでなにがおかしいんだ？　れっきとした聖女だろう」

頭大丈夫か、と失礼なことさえ口走られ、ゼラはこぼれ落ちんばかりに目をみはる。

「ええっ？」

「まさか伝えてないのかい、レナード。……聖王の生き別れになった一人娘って、ゼラのことだったと思うけど？」

肩越しにちょいちょいと指さされ、冗談も大概にして欲しいと目でレナードに助けを求める。

しかし当てにした恋人は、ゼラと視線が合った途端、わざとらしく咳払いした。

「俺は、父親だと伝えたほうがいいと進言したが、聖王猊下が……な」

「どういうこと！　私が、誰が、誰の娘って……！」

泡を食ってまくし立てると、ヴェアンが相変わらずなのんきさで答えた。

「だから、聖王猊下」

なにがどうなって、自分が聖王国の君主の娘になっているんだ。

（まるでわからない……）

リリーサのつくった歪みを正すべく、天の亀裂を塞いだが、正しい歴史どころか、余計に歪んでいるように思える。

なにか重大な間違いをしてしまったかと気を遠くしたゼラは、レナードに支えられながら、呻く。

「私の父親は、森で怪我をした修道士だったたって……母も、祖母も」

「聖騎士の試練として、二年間、無一文の修道士として巡礼する話をしただろう」

レナードが森番の小屋で一緒に暮らし始めた時、あまりにも小屋暮らしの手際がいいのでいぶかしんだら、そういう風に説明された。

しかも、イグニス一族にしか知られてない筈の月光蘭の探し方と効能まで知っていた。

「それがなにか関係があるの？」

「聖王猊下が、まだ聖騎士だった頃、同じ試練を受け、修道士としてさまようち、森で負傷し、ある魔女に助けられた事があったそうだ」

「え……」

「やがて、その魔女に恋をして、二人は結ばれて娘を授かった」

「それが私だってこと？　そんなのありがちな話で……人違いかも知れないでしょう？」

レナードまで、たちの悪い嘘を言う。

冗談にして笑い飛ばしてしまいたいのに、心臓が激しく脈打っていて息苦しい。

三回深呼吸をして、ゼラはやっと声を出す。

「大体、私の父は、戻ってくると言いながら母を捨てたような人で、聖王なんて立派な……」

「捨てた訳じゃない。戻るつもりでいたんだ。聖王に選出されなければ」

指摘されて、ゼラははっと息を詰める。

聖王は、二十六人いる円卓の聖騎士の中から、多数決で選ばれる。

そして一国の君主となった者が、軽々しく動けるわけもない。

愕然とするゼラの肩を抱き、レナードは優しく揺らし経緯を語る。

森で自分を助けた娘を妻とし、子をさずかったゼラの父親は、聖騎士という身分を捨てて生きようと考えていた。

だが、ゼラが生まれて間もなく、聖王国が大規模な魔物の襲撃に遭う。

ゼラの父は罪悪感に悩まされだす。

母国にいる親や友が危険にさらされ、民は苦しみ、同朋の聖騎士は戦っているのに、自分だけが見ぬふりをしていいのか。

もとより、聖王に選ばれるほどの実力のある男だ。責任感も正義感も人一倍強い

「結果、沈黙の禁を破り、妻……ゼラの母親にすべてを告げ、聖騎士となって迎えにくると約束した。世界にたった一つしかない、ある指輪を結婚の証と渡して」

ゼラの指に嵌められた古い指輪を差し示す。

月長石にしか見えない白い石だが、いつのまにか藍色とも蒼ともつかぬ不思議な輝きを帯びている。

「どうして……？　これ、真っ白に濁った月長石だったのに」

リリーサに散々馬鹿にされたから、しっかりと覚えている。

「月長石じゃない。それは聖別されたゾイサイトの指輪だ」

頭を振りながら、ゼラの薬指を太陽の光に当てると、指輪はよりはっきりと藍色に輝き、次の瞬間には赤紫へと彩を変化させる。

「理力が満ちていた時であれば、遊色効果でめくるめく色を変える」

「……いままでは、理力が失われていたってこと？」

「聖王国の、とある公爵家の当主が代々引き継ぎ守ってきた聖遺物だ。持ち主に生命力を与え、回復させる力が秘められている」

「だから、母様に……」

「不治の病でも、その進行を遅らせられる。……おそらく、その指輪がなければ、ゼラが自立できる前に母親は……」

ごくりと喉を鳴らす。

六つか五つの幼子が、誰も入ってこられない森で一人になれば、餓死するか、狼の犠牲になるしかない。

そんな事情を知らない祖母は、母を弄び子を産ませながら逃げた男など、二度と戻るなと森に幻惑の呪いをかけ——聖王は妻にも娘にも、完全に会うことができなくなった。

ヴェアンが言う。

「僕だって、最初からおかしいとは思っていたんだ。人から身を隠し生きる古代の貴種、イグニスの一族の居場所を、なんで正確に把握してんだって」

「考えてみれば。……でも、それならそうと、最初から説明してくれていれば、聖王国に行くのをごねたりしなかったよ？」

祖母はともかく、母はまったく父——聖王を恨んでなかった。

どころか、ずっと心待ちにして、恋した日の気持ちを抱いて、息を引き取った。

「俺も進言したが、妻の最期を看取らなかった父としてゼラに恨まれていたら、一生会ってもらえないのではと大層気に病まれていてな」

ああ、と得心のいった声をゼラが出せば、レナードは手の甲でゼラの頬をひと撫でして続けた。

「一目でいいから、聖王と魔女としてでいいから、妻の忘れ形見に会いたい。その上で、自分の口から話すと言われてはな」

「そっか……」

母が、怒りもせず、恨みもせず待っていたわけだ。と苦笑する。

父が出て行った理由も、戻ってこられない理由もきちんとわかっていたのだ。

そして父も、戻ってこられなくても、娘と妻が無事に育つように貴重な指輪を託していた。

——それだけで、ゼラは、二人の愛がどれほど強固なものなのか理解できた。

「それで、聖女っていうのは？」

父親が聖王なのはわかったが、娘なら誰でも聖女を名乗れる訳もないだろう。

リリーサの聖女の肩書きは自称だが、本来は教会から認定されなければ、名乗れない称号だ。

「そりゃ、認定するでしょ。……魔王に続いて偽物聖女。二度も世界を守った上に自分の娘だし？　駄目押しに、偽物聖女が散々と民に嘘を吹き込んで、最愛の妻の忘れ形見が悪く言われてんだもん。僕だったら、カッときた勢いで聖女録《ろく》に名前書いちゃうね！」

「……カッときた勢い……」

そんな風に説明されると、ありがたがればいいのか、怒ればいいのかわからない。

「ともかく、早くテラスに行きなよ。民が魔物を退治した聖女様に会わせろって大変なんだから」

頭の後ろで手を組んだ格好でヴェアンが急かすと、レナードが言われずともとうなずいた。

「手を」

貴婦人にするのと同じ動作で手を預けるよう望まれ、急にどきどきと鼓動が騒がしくなる。

「あ、あの……私、大丈夫かな。礼儀とか、なにも知らないのに聖女って言われても。……ちょっと前までは、魔女って悪く言われてたし」

「大丈夫だ。今、この国にお前を忌避する者はいない。俺にとっては悩ましいことだがな」

あっちでも、こっちでも、ゼラへの好意が溢れすぎて、恋人として気が気ではない。

軽口か本気かわからない口ぶりで微笑まれながら、ゼラはおずおずと指先を預ける。

光に溢れるテラスのほうへ、愛する人の手を取って、一歩、また一歩と進む。

歓声はますます強く、大きく、まるで世界が上げる産声のように辺りに喜びを響かせる。

皆が祝福をもってゼラの名を呼ぶ。

民らの眼差しの一つ一つが、感謝と尊敬に満ちているのを前に、やっと世界を守りきれたのだという実感が押し寄せる。

「どうしよう。嬉しくて、泣いちゃいそう」

新たな聖女として変な顔を見せたくないのに、どうしても目が熱く潤んでいく。

「嬉しくて泣くのなら、と言いたいが。それは別の機会にして欲しいな」

「別の機会って?」

「……俺との結婚に決まっている」

いっそそっけないほど自然に言われたが、聞き逃す訳がない。

「結婚って」

「聖王猊下……お前の父親にはもう許可を取っている」

言うなり、レナードは両手でゼラの頬を包み上向ける。

今日、父の正体を知ったばかりだというのに、もう結婚が許されているなんて――。

(どんな風に、どう根回しをしたんだろう……)

驚き半分、呆れ半分に目を瞬かせていると、レナードの顔が近づいてきて額が合わさる。

「俺と、結婚してくれ。花嫁として幸せにする。永遠に側にいて二度と一人にしない。たとえ死でも分かたれないほど、深く、強く、ゼラだけを愛すると誓う」

剣にかけて、と続けられ、ゼラの目がますます涙で曇る。

「私も永遠にレナードだけを愛して、絶対に離れない」

なにがあっても、どんな困難も、二人で乗り越えていけるのをもう知っている。

盛り上がった涙が目の縁からこぼれ、頬を伝う。

だけど、それが地面に落ちるより早く、レナードが顔を傾けゼラの唇に自分のそれを重ねる。

人々の歓声がひときわ大きくなり、冷やかしの口笛さえ混じりだすが、愛を誓った二人の耳には届かない。

長すぎるキスに目眩を覚えたゼラは、レナードに寄りかかりながら、あっと小さく声を上げる。

「どうした？」

「……結婚する前に、やらなきゃいけないことがあるよ」

ゼラが悪戯めかせて片目を閉じると、レナードは首を傾げ――それからしばらくして、ああ、と満面の笑顔を見せた。

終章

おかしいのはわかっている。

一国の君主を差し置いて、骨に会いたいなんて。

雪が積もった道を馬で進みながら、レナードは苦笑する。

手綱《たずな》を取る腕の中には、聖女のドレスに似合いの、真っ白な毛皮のマントにくるまったゼラが相乗りしている。

〝スケさんとの約束を果たしたい〟

王都のテラスで、国を守った聖女として民に賞賛されながら、ゼラはきっぱりとそう告げた。

――この上は、めでたしめでたしまできちっと見せてくれにゃあ、骨が砕けても死ねません。

とっくに死んでいるくせに、そんなことを言う骨に、ちゃんと教えなければ。

なにもかもが、めでたしめでたしで終わったことを。

人々に崇められ、敬愛される聖女となったのに、やはりゼラはゼラのままだった。

身分や肩書きに流されず、律儀にスケさんとの約束を果たそうとするのだから。

少しだけ誇らしげに笑顔を浮かべ、甘え慣れない恋人からねだられて、断れる訳もない。

聖王国への出立を先延ばしにして、二人は王都を後にした。

旅疲れか、それとも昨晩、あまり眠らせてやれなかったからか、ゼラはレナードの胸板を背に、夢うつつで首を揺らしていた。

やがて丸太を組んでできた小屋が見えてきたが、どうにも様子がおかしい。

カーテンは閉ざされているし、煙突からは煙がない。

辺りには雪が積もっているのに。

寒気ではない理由で、背筋がぞくりと震えた。

ゼラも起きたのか、眠そうに目を擦りながら小屋を見て、弾かれたように馬から飛び降りる。

「ゼラ！」

危ない。足が滑って転んだらどうするのだ。

舌打ちしながら、けれどレナードも落ち着いて居られない。

ほとんど同時に玄関について、二人一緒に扉を開ける。

中はがらんとしていて薄暗く、人の気配がまるでない。

「嘘……。春までは持つ筈なのに」

スケさんにかけた魔法のことだ。

残した未練が解決するか、動けなくなるほど身体の骨が壊れてしまうと、この世から消えてしまうのだ。

よろめきながら居間まで進んだゼラは、部屋の隅にある椅子の前でがっくりと膝を突く。

――そこには、椅子に座ったまま動かない白骨がいた。

「どうしよう。どうして、そのままにして来ちゃったんだろう」

くしゃっとゼラの顔が歪み、みるみる目に涙が盛り上がる。

心底打ちひしがれる恋人の姿に、レナードは剣で貫かれたような胸の痛みを覚えた。

「スケさん！」

申し合わせたように、二人の声が重なり悲嘆に叫んだ時だった。

「……へぇ」

動かなかった骨が、間抜けにもほどがある返事をし、そのままぐるりと首を回す。

「あれ？　忘れ物ですかい。仕事前に一眠りってだけで、サボってた訳じゃないんですが」

などと言うが、この小屋を出てから半月以上は過ぎている。

「一眠りって……、ど、どういうことよ！」

泣きそうな顔を見せたのが恥ずかしいのか、ゼラが真っ赤になって声を飛ばす。

「なんで明かりがついてないの！　なんで暖炉に火がないの！　心配するでしょうッ！」

まるで子どもを叱りつける母親みたいにしてゼラが言うが、当のスケさんは困った様子で頬骨を掻く。

「あっし骨なんで。明かりがなくても見えますし。暖がなくても死にゃあしません。死んでますけど」

薪も蠟燭も無料じゃないので。と答えられ、ゼラががっくりと肩を落とす。

「人騒がせな骨だな」

「本当だよ！　もう、スケさんッ！」

怒った声を出しながらも、ゼラは立ち上がったスケさんを歓びのままに抱きしめる。

途端に古い骨がキシキシ鳴りだし、ぎょっとしたスケさんが手を振ってレナードに助けを求める。

「御仁！　聖騎士の御仁！　お嬢はどうしちまったんですかい！　肋骨が折れたらことでしょう！　見かけによらず、あっしは繊細に出来ているんですよ！」

レナードはうずき出したこめかみを押さえた。

本当に騒がしい。この分だと、本筋の話に辿り着くまでに一日か二日はかかりそうだ。

（だが、それも悪くないか）

スケさんに恋人への独占欲を見せつけたくて、引き離したゼラを自分の腕の中に抱きしめる。

春が来るまで、この小屋で過ごすのだ。積もる話をする時間はいくらでもある。

（全部終わらなかったら来年も訪れよう。その翌年も、そのまた翌年も）

――結婚して、子どもが生まれて、孫が走り回るようになっても、きっと、自分とゼラはここにきて、スケさんがいようといまいと、見せつけてやるのだ。

めでたしめでたしの先にある幸せを、希望に満ちた世界の一部として。

あとがき

こんにちは、華藤りえです。

再び、ガブリエラブックス様で小説を書かせていただけました。ありがたいことです！

前回は、現代を舞台にしたドクターとお嬢様の話でしたが、今回はガラッと変わって異世界が舞台です。

魔王を討伐した四人の若者。その一人である魔女のゼラは、なぜか仲間の聖女の恋人を誘惑してフラれたという嘘の噂を流され、逃げるように田舎へ隠れたが――。という処から始まる物語です。


歴史の舞台をモデルにした、ヒストリカルは書いてきたのですが、まるっきりファンタジーというのは初めてで、似ているようでとても違うことも知らず、死ぬほど苦戦してしまいました……。

丁度、体調なども悪かったこともあり、途中まったく書けなくなり、あちこちにご迷惑をおかけしてしまい、本当に申し訳なかったです。

今回こそは編集さま方々のご助力と、応援あってこその一冊となりました。

大変でしたが、ちゃんと勉強して、精進して、より面白い構想を携えて、またファンタジーものに挑戦したいとおもいます。

本作品のイラストは蔦森えん先生が描いてくださいました。

蔦森先生とは二度目となりますが、表紙から美しくて、泣きたいほど書けない夜は見て、心の糧にしておりました。

本当にイメージ通りで、前回同様、素敵でした！　感謝しかありません。

同様に、編集さんに感謝です。何回か、ご一緒に夜明けのコーヒー（推定）飲んじゃいました……。

付き合ってくださり、本当にありがたかったです。今後、馬車馬のように頑張ります……。

SNSでのお声かけやファンレターなどありがとうございます。

忙しい時は日付を置いていますが、できるだけ返事させていただければと思っています。

最後に、ここまでお読みくださり、ありがとうございました。

願わくば、次の本でもお会いできたら嬉しいです。

華藤りえ

ガブリエラブックス好評発売中

gabriella books

懐妊したら即離婚!?

堅物ドクターが新妻の誘惑に悶える新婚生活

華藤りえ　イラスト：森原八鹿 ／ 四六判

ISBN:978-4-8155-4044-9

「いいから、黙って俺に抱かれなさい」

大病院の一人娘、美瑚は「跡継ぎを妊娠したら離婚」という条件でエリート医師の海棠清生と結婚する。清生にはある事情で大金が必要との噂を聞いた美瑚が出した条件だったが、受け入れたはずの清生は美瑚を煽るだけ煽って一線を越えない。「貴女は本当に無邪気で残酷なほど私を煽る」一時の妻に怖いほど執着し溺愛する夫にとまどう美瑚は!?

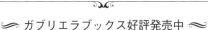

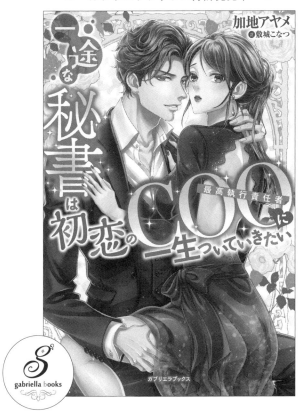

ガブリエラブックス好評発売中

gabriella books

バリキャリですが転生して王子殿下の溺愛秘書として頑張ります !!

火崎 勇 イラスト：池上紗京 ／ 四六判

ISBN:978-4-8155-4047-0

「君以外を考えられない。どうか私の妻になって欲しい」

前世はバリキャリ商社ＯＬだった侯爵令嬢アンジェリカ。転生後も働きたい彼女だが、親からは許されない。身分と美貌を隠し王宮で侍女を務めるも、有能で美しい第一王子ルークに才能を知られて強引に部下にされる。「王子に見初められるのは面倒か」恋愛は面倒で仕事の方が大事と思っていたのに、理想の上司である彼に頼られるうちに恋を意識しはじめ⁉

ガブリエラブックス好評発売中

異世界トリップしたので美味しいパン作りに没頭してたら皇帝陛下に溺愛されました

熊野まゆ　イラスト：すがはらりゅう ／ 四六判

ISBN:978-4-8155-4048-7

「俺を幸福で満たしてくれるんじゃないのか？」

勤め先のパン屋をクビになり、異世界にトリップしてしまったユウナ。彼女を助けたのは、無表情な天才魔道士サイラスだった。そのまま家においてくれるサイラスに、ユウナはこの世界にないメロンパン等の菓子パンを作る。「好きだから興味があって、ぜんぶ知りたい」共同生活を通して惹かれあい、甘く結ばれる二人。だがサイラスが、妾腹とはいえ現皇帝のたった一人の息子で後継ぎだと知り──!?

ガブリエラブックスをお買い上げいただきありがとうございます。
華藤りえ先生・蔦森えん先生へのファンレターはこちらへお送りください。

〒110-0016　東京都台東区台東4-27-5（株）メディアソフト
ガブリエラブックス編集部気付　華藤りえ先生／蔦森えん先生　宛

gabriella books

MGB-029

勇者に失恋した黒魔女は、聖騎士の甘ふわ溺愛に降参気味です！

2021年5月15日　第1刷発行

著　者　華藤《かとう》りえ

装　画　蔦森《つたもり》えん

発行人　日向晶

発　行　株式会社メディアソフト
〒110-0016
東京都台東区台東4-27-5
TEL：03-5688-7559　FAX：03-5688-3512
http://www.media-soft.biz/

発　売　株式会社三交社
〒110-0016
東京都台東区台東4-20-9 大仙柴田ビル2階
TEL：03-5826-4424　FAX：03-5826-4425
http://www.sanko-sha.com/

印　刷　中央精版印刷株式会社

フォーマットデザイン　小石川ふに（deconeco）

装　丁　吉野知栄（CoCo. Design）

ISBN 978-4-8155-4050-0